—————— 阅读之前 没有真相

午夜文库

阿加莎·克里斯蒂

马普尔小姐系列

阿加莎·克里斯蒂
Agatha Christie (1890—1976)

无可争议的侦探小说女王，侦探文学史上最伟大的作家之一。

阿加莎·克里斯蒂原名为阿加莎·玛丽·克拉丽莎·米勒，一八九〇年九月十五日生于英国德文郡托基的阿什菲尔德宅邸。她几乎没有接受过正规的教育，但酷爱阅读，尤其痴迷于歇洛克·福尔摩斯的故事。

第一次世界大战期间，阿加莎·克里斯蒂成了一名志愿者。战争结束后，她创作了自己的第一部侦探小说《斯泰尔斯庄园奇案》。几经周折，作品于一九二〇年正式出版，由此开启了克里斯蒂辉煌的创作生涯。一九二六年，《罗杰疑案》由哈珀柯林斯出版公司出版。这部作品一举奠定了阿加莎·克里斯蒂在侦探文学领域不可撼动的地位。之后，她又陆续出版了《东方快车谋杀案》《ABC谋杀案》《尼罗河上的惨案》《无人生还》《阳光下的罪恶》等脍炙人口的作品。时至今日，这些作品依然是世界侦探文学宝库里最宝贵的财富。根据她的小说改编而成的舞台剧《捕鼠器》，已经成为世界上公演场次最多的剧目；而在影视改编方面，《东方快车谋杀案》为英格丽·褒曼斩获奥斯卡大奖，《尼罗河上的惨案》更是成为几代人心目中的经典。

阿加莎·克里斯蒂的创作生涯持续了五十余年，总共创作了八十余部侦探小说。她的作品畅销全世界一百多个国家和地区，累计销量已经突破二十亿册。她创造的小胡子侦探波洛和老处女侦探马普尔小姐为读者津津乐道。阿加莎·克里斯蒂是柯南·道尔之后最伟大的侦探小说作家，是侦探文学黄金时代的开创者和集大成者。一九七一年，英国女王授予克里斯蒂爵士称号，以表彰其不朽的贡献。

一九七六年一月十二日，阿加莎·克里斯蒂逝世于英国牛津郡沃灵福德家中，被安葬于牛津郡的圣玛丽教堂墓园，享年八十五岁。

阿加莎·克里斯蒂 侦探作品年表

波洛系列

1920　The Mysterious Affair at Styles《斯泰尔斯庄园奇案》
1923　Murder on the Links《高尔夫球场命案》
1924　Poirot Investigates《首相绑架案》
1926　The Murder of Roger Ackroyd《罗杰疑案》
1927　The Big Four《四魔头》
1928　The Mystery of the Blue Train《蓝色列车之谜》
1932　Peril at End House《悬崖山庄奇案》
1933　Lord Edgware Dies《人性记录》
1934　Murder on the Orient Express《东方快车谋杀案》
1935　Three-Act Tragedy《三幕悲剧》
1935　Death in the Clouds《云中命案》
1936　The ABC Murders《ABC谋杀案》
1936　Murder in Mesopotamia《古墓之谜》
1936　Cards on the Table《底牌》
1937　Dumb Witness《沉默的证人》
1937　Death on the Nile《尼罗河上的惨案》
1937　Murder in the Mews《幽巷谋杀案》
1938　Appointment with Death《死亡约会》
1938　Hercule Poirot's Christmas《波洛圣诞探案记》
1940　Sad Cypress《H庄园的午餐》
1940　One, Two, Buckle My Shoe《牙医谋杀案》
1941　Evil Under the Sun《阳光下的罪恶》
1943　Five Little Pigs《五只小猪》
1946　The Hollow《空幻之屋》
1947　The Labours of Hercules《赫尔克里·波洛的丰功伟绩》
1948　Taken at the Flood《顺水推舟》
1952　Mrs. McGinty's Dead《清洁女工之死》
1953　After the Funeral《葬礼之后》
1955　Hickory Dickory Dock《山核桃大街谋杀案》
1956　Dead Man's Folly《弄假成真》
1959　Cat Among the Pigeons《鸽群中的猫》
1960　The Adventure of the Christmas Pudding《雪地上的女尸》

阿加莎·克里斯蒂 侦探作品年表

1963　The Clocks《怪钟疑案》
1966　Third Girl《第三个女郎》
1969　Hallowe'en Party《万圣节前夜的谋杀》
1972　Elephants Can Remember《大象的证词》
1974　Poirot's Early Stories《蒙面女人》
1975　Curtain—Poirot's Last Case《帷幕》

马普尔小姐系列

1930　The Murder at the Vicarage《寓所谜案》
1932　The Thirteen Problems《死亡草》
1942　The Body in the Library《藏书室女尸之谜》
1943　The Moving Finger《魔手》
1950　A Murder Is Announced《谋杀启事》
1952　They Do It with Mirrors《借镜杀人》
1953　A Pocket Full of Rye《黑麦奇案》
1957　4.50 from Paddington《命案目睹记》
1962　The Mirror Crack'd from Side to side《破镜谋杀案》
1964　A Caribbean Mystery《加勒比海之谜》
1965　At Bertram's Hotel《伯特伦旅馆》
1971　Nemesis《复仇女神》
1976　Sleeping Murder《沉睡谋杀案》
1979　Miss Marple's Final Cases《马普尔小姐最后的案件》

其他系列及非系列

1922　The Secret Adversary《暗藏杀机》
1924　The Man in the Brown Suit《褐衣男子》
1925　The Secret of Chimneys《烟囱别墅之谜》
1929　Partners in Crime《犯罪团伙》
1929　The Seven Dials Mystery《七面钟之谜》
1930　The Mysterious Mr. Quin《神秘的奎因先生》
1931　The Sittaford Mystery《斯塔福特疑案》
1933　The Witness for the Prosecution and Other Stories《控方证人》
1934　Why Didn't They Ask Evans?《悬崖上的谋杀》

阿加莎·克里斯蒂 侦探作品年表

1934　The Listerdale Mystery《金色的机遇》
1934　Parker Pyne Investigates《惊险的浪漫》
1939　Murder Is Easy《逆我者亡》
1939　And Then There Were None《无人生还》
1941　N or M?《桑苏西来客》
1944　Towards Zero《零点》
1945　Sparkling Cyanide《闪光的氰化物》
1945　Death Comes as the End《死亡终局》
1949　Crooked House《怪屋》
1950　Three Blind Mice and Other Stories《三只瞎老鼠》
1951　They Came to Baghdad《他们来到巴格达》
1954　Destination Unknown《地狱之旅》
1958　Ordeal by Innocence《奉命谋杀》
1961　The Pale Horse《灰马酒店》
1967　Endless Night《长夜》
1968　By the Pricking of My Thumbs《煦阳岭的疑云》
1970　Passenger to Frankfurt《天涯过客》
1973　Postern of Fate《命运之门》
1991　Problem at Pollensa Bay《神秘的第三者》
1997　While the Light Lasts《灯火阑珊》

出版前言

纵观世界侦探文学一百七十余年的历史，如果说有谁已经超脱了这一类型文学的类型化束缚，恐怕我们只能想起两个名字——一个是虚构的人物歇洛克·福尔摩斯，而另一个便是真实的作家阿加莎·克里斯蒂。

阿加莎·克里斯蒂以她个人独特的魅力创造着侦探文学史上无数的传奇：她的创作生涯长达五十余年，一生撰写了八十余部侦探小说，她开创了侦探小说史上最著名的"黄金时代"；她让阅读从贵族走入家庭，渗透到每个人的生活中；她的作品被翻译成一百多种文字，畅销全球一百五十余个国家，作品销量与《圣经》《莎士比亚戏剧集》同列世界畅销书前三名；她的《罗杰疑案》《无人生还》《东方快车谋杀案》《尼罗河上的惨案》都是侦探小说史上的经典，她是侦探小说女王，因在侦探小说领域的独特贡献而被册封为爵士；她是侦探小说的符号和象征。她本身就是传奇。沏一杯红茶，配一张躺椅，在暖暖的阳光下读阿加莎的小说是一种生活方式，是惬意的享受，也是一种态度。

午夜文库成立之初就试图引进阿加莎的作品，但几次都与版权擦肩而过。随着午夜文库的专业化和影响力日益增强，阿加莎·克里斯蒂的版权继承人和哈珀柯林斯出版公司主动要求将版权独家授予新星出版社,并将阿加莎系列侦探小说并入午夜文库。这是对我们长期以来执着于侦探小说出版的褒奖,是对我们的信任与鼓励,更是一种压力和责任。

新版阿加莎·克里斯蒂作品由专业的侦探小说翻译家以最权威的英文版本为底本,全新翻译,并加入双语作品年表和阿加莎·克里斯蒂家族独家授权的照片、手稿等资料,力求全景展现"侦探女王"的风采与魅力。使读者不仅欣赏到作家的巧妙构思、离奇桥段和睿智语言,而且能体味到浓郁的英伦风情。

阿加莎作品的出版是一项系统工程,规模庞大,我们将努力使之臻于完美。或存在疏漏之处,欢迎方家指正。

新星出版社
午夜文库编辑部

Agatha Christie

Over the next few years, we plan to celebrate two very important Agatha Christie anniversaries. In 2015, it is the 125th anniversary of her birth in Torquay, South Devon, England, and in 2020 it will be 100 years after her first book, THE MYSTERIOUS AFFAIR AT STYLES, featuring her famous detective, Hercule Poirot, was published. This is therefore a very appropriate moment to publish a new edition of her works, and I am delighted that HarperCollins has chosen to work with New Star on these new editions. New Star is China's top crime publisher, and has a strong and dedicated editorial staff and a continued passion for Agatha Christie, making them the ideal partner. It is the right time to make these classic books available in modern translations and so to bring Agatha Christie's books anew to her many fans in China, giving them a new reason to re-read these much-loved stories, as well as introducing them to a whole new audience. How delighted Agatha Christie would have been that her stories (as she called them) are still giving so much pleasure to so many people all over the world!

I think there are two very remarkable things about Agatha Christie's stories. The first is that they are so adaptable. It doesn't really matter which language they appear in, the stories and the plots still give the same thrill, still provide the same puzzles, and the characters still have the same attraction. Readers in China will I am sure enjoy Hercule Poirot and Miss Marple just as much as we do in England, and readers in China will still be transfixed by the surprises and horrors of AND THEN THERE WERE NONE, one of the great classics of 20th century detective fiction, as we are here.

Agatha Christie

The second is that the stories give a wonderful picture of England, particularly rural England, at the time Agatha Christie lived. She wrote books from 1920 until 1970 but it is sometimes hard to tell which part of her life each book was written in. Her characters and the life they lived were very much the same. The life we all live is changing very quickly these days but the Agatha Christie world stays the same. Perhaps the Miss Marple stories provide the best example of this, and in some ways, THE BODY IN THE LIBRARY and NEMESIS are quite similar, despite the fact that thirty years elapsed between the time they were written.

Perhaps I might end by mentioning three Agatha Christies (other than the ones mentioned above) which I think demonstrate why she is so popular, even in the twenty-first century. The first is MURDER ON THE ORIENT EXPRESS, one of the most famous with one of the most ingenious and human plots. Read this on one of your long train journeys in China! Next is A MURDER IS ANNOUNCED, a Miss Marple which was her 50th book. It has my favourite murderer in it! And last is ENDLESS NIGHT a story about evil and how it affects three young people, written at the time when I knew her best, and understood how deeply she cared and sympathised with young people and the world they lived in.

Whichever are your favourites I hope you enjoy these stories that New Star are introducing to you again. I think it is a great publishing event.

Mathew ...
Grandson of Agatha Christie
Chairman of Agatha Christie Ltd

致中国读者

(午夜文库版阿加莎·克里斯蒂作品集序)

在未来的几年中,我们将要筹备两个非常重要的关于阿加莎·克里斯蒂的纪念日。二〇一五年是她的一百二十五岁生日——她于一八九〇年出生于英国的托基市,二〇二〇年则是她的处女作《斯泰尔斯庄园奇案》问世一百周年的日子,她笔下最著名的侦探赫尔克里·波洛就是在这本书中首次登场。因此,新星出版社为中国读者们推出全新版本的克里斯蒂作品正是恰逢其时,而且我很高兴哈珀柯林斯选择了新星来出版这一全新版本。新星出版社是中国最好的侦探小说出版机构,拥有强大而且专业的编辑团队,并且对阿加莎·克里斯蒂的作品极有热情,这使得他们成为我们最理想的合作伙伴。如今正是一个良机,可以将这些经典作品重新翻译为更现代、更权威的版本,带给她的中国书迷,让大家有理由重温这些备受喜爱的故事,同时也可以将它们介绍给新的读者。如果阿加莎·克里斯蒂知道她的小故事们(她这样称呼自己的这些作品)仍然能给世界上这么多人带来如此巨大的阅读享受,该有多么高兴啊!

我认为阿加莎·克里斯蒂的作品有两个非常重要的特征。首先它们是非常易于理解的。无论以哪种语言呈现,故事和情节都同样惊险刺激,呈现给读者的谜团都同样精彩,而书中人物的魅力也丝毫不受影响。我完全可以肯定,中国的读者能够像我们英国人一样充分享受赫尔克里·波洛和马普尔小姐带来的乐趣;中国读者也会和我们一样,读到二十世纪最伟大的侦探经典作品——比如《无人生还》——的时候,被震惊和恐惧牢牢钉在原地。

第二个特征是这些故事给我们展开了一幅英格兰的精彩画卷,特别是阿加莎·克里斯蒂那个年代的英国乡村。她的作品写于二十世纪二十年代至七十年代间,不过有时候很难说清楚每一本书是在她人生中的哪一段日子里写下的。她笔下的人物,以及他们的生活,多多少少都有些相似。如今,我们的生活瞬息万变,但"阿加莎·克里斯蒂的世界"依旧永恒。也许马普尔小姐的故事提供了最好的范例:《藏书室女尸之谜》与《复仇女神》看起来颇为相似,但实际上它们的创作年代竟然相差了三十年。

最后,我想提三本书,在我心目中(除了上面提过的几本之外)这几本最能说明克里斯蒂为什么能够一直受到大家的喜爱。首先是《东方快车谋杀案》,最著名,也是最机智巧妙、最有人性的一本。当你在中国乘火车长途旅行时,不妨拿出来读读吧!第二本是《谋杀启事》,一个马普尔小姐系列的故事,也是克里斯蒂的第五十本著作。这本书里的诡计是我个人最喜欢的。最后是《长夜》,一个关于邪恶如何影响三个年轻人生活的故事。这本书的写作时间正是我最了解她的时候。我能体会到她对年轻人以及他们生活的世界关心至深。

现在新星出版社重新将这些故事奉献给了读者。无论你最爱的是哪一本,我都希望你能感受到这份快乐。我相信这是出版界的一件盛事。

阿加莎·克里斯蒂外孙

阿加莎·克里斯蒂有限责任公司董事长

马修·普理查德

二〇一三年二月二十日

阿加莎·克里斯蒂侦探小说全集㊷
马普尔小姐最后的案件
Miss Marple's Final Cases

[英]阿加莎·克里斯蒂 著
潘智丹 译

新星出版社 NEW STAR PRESS

目 录

1	圣所
29	奇特的玩笑
47	软尺谋杀案
69	看门人疑案
91	完美女仆案
111	马普尔小姐讲故事
123	裁缝的洋娃娃
151	神秘的镜子
161	格林肖的蠢物

圣所 ————

第一章

教区牧师的妻子抱着一大束菊花,绕过自家住宅的拐角。她那结实的布洛克皮鞋上沾满了肥沃的花园泥土,鼻子上也沾了零星几点儿,但她丝毫没有察觉。

她开教区大门的时候费了点儿力气。那扇门已经生锈,半挂在铰链上。一阵风吹来,把她那破旧的毡帽吹得更歪了。"烦死人了!"邦奇抱怨了一句。

哈蒙夫人的父母生性乐观,在洗礼时给她取名戴安娜,但在她很小的时候,由于一些显而易见的原因,她的名字成了邦奇[①],此后,她就一直叫这个名字了。她怀抱着菊花,穿过大门和教堂墓地,最后到了教堂门口。

十一月的空气温和又湿润。朵朵白云掠过天空,中间夹着一块又一块蓝天。教堂里面却又黑又冷,因为只有在礼拜的时候才会生火取暖。"哦!"邦奇表情生动地说,"我还是快点儿弄完吧。我可不想冻死。"

这种活儿她干得多了,很快备齐了必要的用具:花瓶、水和花架。"要是有百合花就好了,"邦奇心想,"我实在是厌倦了这

[①] "邦奇"(Bunch)是哈蒙夫人的绰号。阿加莎在《谋杀启事》中提到,由于哈蒙夫人从小脸形和身材就胖胖圆圆的,所以很早得了"邦奇"(圆圆)这一绰号,以至于本名戴安娜被弃置不用。

些干瘪的菊花。"她用灵巧的手指把花束插在了花架里。

邦奇·哈蒙没有创造力，艺术细胞也乏善可陈，因此她的装饰也没什么特别的创造性或艺术性可言。但是，她的插花却给人一种舒适、愉快的感觉。邦奇小心翼翼地拿着花瓶，沿着侧廊向圣坛走去。这时，太阳出来了。

阳光透过东边的窗户照了进来。那窗户是一个维多利亚时代的富人捐赠的，他常来此做礼拜。窗户上装的是有点儿粗糙的彩色玻璃，以蓝色和红色为主。突然看到如此色彩绚丽的阳光，她着实有些吃惊。"像珠宝一样。"邦奇心想。突然间，她停下脚步，眼睛直直盯着前方。在圣坛的台阶上，有个黑影蜷缩着。

邦奇小心翼翼地放下花束，走上前去弯下腰来查看。一个男人蜷缩着身体，躺在那里。邦奇跪在他身边，小心地将他的身体慢慢翻过来。她用手指摸他的脉搏——似有似无，加上他脸色发青，都说明了同一个问题。毫无疑问，邦奇想，他快死了。

那个男人约四十五岁，穿着一身破旧的深色西服。她放下刚才抓起的那只虚弱无力的手，又看了看他的另一只手。那只手握成拳状，放在胸前，手里好像攥着什么。凑近一看，邦奇发现他的手指牢牢地抓着一大团软软的东西，好像是一块手帕，他把它紧紧地贴在胸口上。在那只紧握着的手的四周，溅上了一滴滴已经干了的棕色液体，邦奇猜，那应该是已经干了的血迹。她一屁股坐在地上，眉头紧锁。

之前，那个人的双眼还紧闭着，但此时此刻，他突然睁开了双眼，紧盯着邦奇的脸。那目光既不茫然，也不游离，看起来充满了活力和智慧。他的嘴唇动了动，邦奇弯下腰，以便听清他的话，更确切地说，是听他挤出的词。他只说了一个词：

"圣所。"

她觉得,当他吐出这个词的时候,脸上露出了淡淡的微笑。她没有听错,因为过了一会儿,他又重复了一遍:"圣所……"

然后,随着一声微弱的长叹,他又闭上了双眼。邦奇又去摸他的脉搏。脉搏虽然还有,但更加微弱,而且时断时续。她果断地站了起来。

"不要动,"她说,"也不要尝试去动。我这就去找人帮忙。"

那个男人再次睁开了双眼,但他现在似乎将注意力集中到了那透过东面窗户照进来的五彩阳光上。他低声说着什么,邦奇没能听清楚。没来由地,她吓了一跳,觉得那可能是她丈夫的名字。

"朱利安?"她说道,"你是不是来这儿找朱利安啊?"但是那人没有回答。他闭着双眼躺在那里,呼吸开始变得缓慢而微弱。

邦奇转身迅速离开教堂。她看了一眼手表,略微放心地点了点头。格里菲斯医生应该还在诊所。她只花了几分钟时间,就从教堂走到了诊所,顾不上敲门或按门铃,直接穿过候诊室,走进了医生的诊室。

"您必须马上过来,"邦奇说,"教堂里有个人快死了。"

几分钟过后,格里菲斯医生跪着为那个人做了简单的检查,然后站了起来。

"能不能把他从这儿移到您家里?在那儿我能更好地护理他——这并不是说他肯定有救。"

"当然可以,"邦奇说,"我这就过去准备一下。我要把哈珀和琼斯叫来吗?帮您把他抬过去。"

"谢谢。我可以在您家里打电话叫救护车,但是我怕——等救护车到的时候……"他的话没说完。

邦奇问:"内出血?"

格里菲斯医生点点头,问道:"他究竟是怎么出现在这里的?"

"我觉得他一定在这里待一个晚上了,"邦奇边说边思索着,"虽然哈珀早上去工作的时候会把教堂的门打开,但是他通常并不进来。"

大约五分钟过后,格里菲斯医生放下听筒,回到了晨间起居室,那个受伤的男人正躺在晨间起居室沙发上那块快速铺好的毯子上。医生做完检查后,邦奇端来一盆水,清理了一下现场。

"好了,就这样吧,"格里菲斯说,"我已经叫救护车过来了,也报了警。"他站在那儿,眉头紧锁,低头看着那个闭着眼睛躺着的病人。他的左手在身旁不时抽搐着。

"他中枪了,"格里菲斯说,"在相当近的距离被击中的。他把手帕卷成一团,用它堵住伤口止血。"

"他被击中后,能走很远吗?"邦奇问道。

"嗯,能,很有可能。据说有一个受了致命伤的人自己站起来,沿着大街往前走,似乎什么事儿也没有,走了五分钟或者十分钟才突然倒下。这么看,他未必是在教堂里遭遇枪击的。哦,是的。他可能是在离这里有段距离的地方中枪。当然,他也可能是自杀,然后扔下左轮手枪,跌跌撞撞地走向教堂。我真不明白,他为什么要来教堂,而不是去牧师家。"

"哦,我知道为什么,"邦奇说,"他说了'圣所'。"

医生目不转睛地看着她。"圣所?"

"朱利安来了,"听到丈夫走进前厅的动静,邦奇边说边转过头,"朱利安!过来。"

朱利安·哈蒙牧师走进了屋子。他的身上隐约透着一股学究气，看起来颇为老成。"啊！"朱利安·哈蒙惊讶地感叹了一声，继而神情温和而又困惑地盯着医疗器械和俯卧在沙发上的人。

邦奇用她一贯简洁的语言解释道："他躺在教堂里，快死了。他中了枪。朱利安，你认识他吗？我好像听到他说了你的名字。"

教区牧师走到沙发前，低头看了看那个快要死的人。"可怜的家伙，"他摇了摇头说，"不，我不认识他。我几乎可以确定，我以前从来没有见过他。"

就在这时，那个快要死的人又睁开了双眼。他的目光从医生身上移到朱利安·哈蒙身上，然后又从朱利安身上移到他妻子身上。最后停在了那里，盯着邦奇的脸看。格里菲斯走上前去。

"如果你能告诉我们……"他急切地说。

但是，那个人紧紧盯着邦奇，用微弱的声音说道："求你——求——"接着，他身体轻微颤抖了一下，死了……

海斯巡佐舔了一下铅笔，翻开了笔记本。

"那么，这就是你能告诉我的所有情况吗，哈蒙夫人？"

"是的，就这些，"邦奇说，"这些是从他大衣兜里拿出来的东西。"

在桌子上，海斯巡佐的肘边，放着一个钱包和一块相当破旧的手表，手表上刻着名字的首字母 W.S.，还有一张回伦敦的返程票。仅此而已。

"你查出他是谁了吗？"邦奇问。

"有一对艾克尔斯夫妇给警察局打来电话。他好像是艾克尔斯夫人的弟弟，姓桑德勃恩。他的身体和精神状况不佳有一阵子了。最近，情况变得愈加糟糕。前天，他出门后就再也没回去，并且随身带了一把左轮手枪。"

"然后他到了这里,用那把枪自杀了?"邦奇问,"为什么?"

"啊,你瞧,他一直情绪低落——"

邦奇打断了他。"我不是那个意思。我的意思是,为什么单单选在这里?"

很明显,海斯巡佐并不知道该如何回答这个问题,因此他答非所问。"他是坐五点十分的巴士来这里的。"

"嗯,"邦奇又说,"但是,为什么?"

"哈蒙夫人,我不知道,"海斯巡佐说,"人各有所好吧。如果一个人的神经不正常的话——"

邦奇替他把话说完。"他们可以去任何地方做这件事。但是,我仍然觉得他没有必要坐巴士,来到这样一个乡下小地方。他在这里谁也不认识,是吧?"

"目前还无法确定,"海斯巡佐说,他站起身来,歉意地咳嗽了一声,说道,"夫人,艾克尔斯夫妇过来的时候,可能要见你——如果你不介意的话。"

"我当然不介意,"邦奇说,"这是很正常的事情。我只是希望我能告诉他们一些情况。"

"我会一起过来的。"海斯巡佐说。

"如果不是谋杀案,"邦奇边说边和他向前门走去,"我就谢天谢地了。"

这时,一辆汽车已经开到了牧师寓所的门前。海斯巡佐看了一眼车,说道:"夫人,看起来艾克尔斯夫妇这就要来拜访你了。"

邦奇调整好情绪,准备接受那个在她看来会很严峻的考验。"然而,"她想,"我总可以叫朱利安来帮我。当人们痛失亲人的时候，牧师可以起到很大的作用。"

邦奇本不能准确地描绘出她料想的艾克尔斯夫妇会是什么样子，但当她迎接他们的时候，她产生了一种诧异的感觉。艾克尔斯先生身材矮胖，面色红润，毫不拘束的举止说明他本是开朗、爱开玩笑的人。艾克尔斯夫人外表带着艳俗之气。她长着一张难看的小嘴，嘴唇微噘，声音又细又尖。

"哈蒙夫人，正如你能想象的，真的太令人震惊了。"她说。

"哦，我知道，"邦奇说，"那一定是个天大的打击。请坐吧，我能给你们——啊，现在上茶可能有点儿早——"

艾克尔斯先生挥了挥短而粗的手。"不用，不用，什么也不用给我们准备，"他说，"我确信您是个好人。我只是想知道……啊……可怜的威廉都说了什么，还有所发生的一切，您知道吗？"

"他在国外待了很长一段时间，"艾克尔斯夫人说，"我觉得他一定是有过一些令人非常不愉快的经历。他回家之后就沉默寡言，情绪低落，说他不适合活在这个世界上，没有什么盼头了。可怜的比尔，他总是郁郁寡欢。"

邦奇盯着他们俩看了一会儿，什么也没说。

"他确实偷拿了我丈夫的左轮手枪，"艾克尔斯夫人接着说，"我们并不知情。然后他好像坐巴士来到了这里。我猜，那样他会感觉好些。他不想在我们家里做那样的事情。"

"可怜的家伙，可怜的家伙，"艾克尔斯先生叹了口气说，"现在说什么都已经无济于事了。"

艾克尔斯先生又停顿了片刻，问道："他有没有留下什么话？遗言什么的，一句也没有吗？"

他那双明亮的、猪一样的眼睛紧盯着邦奇。艾克尔斯夫人也是，前倾着身子，好像急于得到答案。

"没有,"邦奇平静地说,"他临死前,来到了教堂,为了圣所。"

艾克尔斯夫人不解地说道:"圣所?我想我没太……"

艾克尔斯先生打断了她。"神圣的地方,亲爱的,"他不耐烦地说,"牧师夫人就是那个意思。那是犯罪——自杀,你知道。我估计他是想赎罪。"

"临死前,他想要说些什么,"邦奇说,"但他只说了'求你'二字就没有继续下去。"

艾克尔斯夫人拿起手帕擦了擦眼睛,抽泣着。"哦,亲爱的,"她说,"太让人难过了,不是吗?"

"喂,喂,帕姆,"她的丈夫说,"别激动,这些事儿谁也没办法。可怜的威利。不管怎样,他现在安息了。啊,哈蒙夫人,真是太谢谢您了,希望没有打扰到您。我们知道教区牧师的妻子一定很忙。"

夫妇俩分别跟邦奇握了手。临出门时艾克尔斯突然转过身说:"哦,对了,还有一件事情。我想他的大衣还在您这儿吧?"

"他的大衣?"邦奇皱了皱眉。

艾克尔斯夫人说:"我们想要拿走他所有的东西,您知道,留个念想。"

"他兜里有一块手表、一个钱包和一张火车票,"邦奇说,"我都交给海斯巡佐了。"

"那好吧,"艾克尔斯先生说,"我想,他会把那些东西交给我们的。他的私人证件可能在钱包里。"

"钱包里只有一张一镑的纸币,"邦奇说,"没有别的了。"

"没有信件,或者类似的东西?"

邦奇摇了摇头。

"啊,哈蒙夫人,再次感谢。他身上穿的大衣——也许也在巡佐那里,是吗?"

邦奇紧皱眉头,努力回忆着。

"没有,"她说,"我认为没……让我想想。我和医生把他的大衣脱下来,检查他的伤口。"她茫然地环顾屋子四周,"我一定把它和毛巾、水盆一起拿到楼上了。"

"我现在想知道,哈蒙夫人,您是否介意……我们想要他的大衣,您知道,那是他最后穿的东西。噢,我妻子对它很有感情。"

"当然可以了,"邦奇说,"用不用我把大衣先洗干净了?我恐怕它相当——啊——脏。"

"哦,不用,不用,不用,没关系的。"

邦奇皱了皱眉。"现在,我想知道把它放在了哪里……麻烦稍等片刻。"她上了楼,几分钟过后,又回来了。

"太抱歉了,"她气喘吁吁地说,"我的女佣一定把它和其他要送去洗衣店的衣服放在一起了。我花了好长时间才找到。在这儿呢,我用牛皮纸给你们包起来吧。"

尽管艾克尔斯夫妇一再推辞,她还是把大衣包了起来。然后,夫妇俩再次千恩万谢与邦奇道别,便离开了。邦奇慢慢地走回来,穿过前厅,走进书房。朱利安·哈蒙牧师抬起头,眉头舒展开来。他正在写一篇布道文,担心自己对居鲁士大帝统治时期犹太人和波斯人之间政治关系太好奇,会把他引入歧途。

"亲爱的,有事吗?"他满怀期待地问。

"朱利安!"邦奇说,"到底什么是圣所啊?"朱利安·哈蒙愉快地放下了布道的讲稿。"噢,"他说,"罗马和希腊寺庙里的圣所指的是里面的内殿,在那里供奉着神像。拉丁语的圣坛这个词,'ara',也有保护的意思。"他一副学识渊博的样子,继续说道,"公元三九九年,圣所在基督教教堂里的权利才被最终确立下来。在英格兰,最早提到圣所权利的是公元六世纪由埃塞尔伯特签发的《法典》……"

他继续讲解了一会儿,但是,如往常一样,他妻子对他博学的见解的接受程度令他感到尴尬。

"亲爱的,"她说,"你真好。"

邦奇弯下腰,亲吻了丈夫的鼻尖。朱利安感觉自己很像只小狗,因为耍了一个聪明的把戏而得到奖赏。

"艾克尔斯夫妇刚来过这里。"邦奇说。

教区牧师眉头紧皱。"艾克尔斯夫妇?我好像不记得……"

"你不认识他们。他们是躺在教堂里那个人的姐姐和姐夫。"

"亲爱的,你应该叫我过去的。"

"没有任何必要,"邦奇说,"他们并不需要安慰。我现在想知道……"她皱了皱眉头,"明天如果我把焙盘放在烤箱里,你能应付得过来吗,朱利安?我觉得我应该去趟伦敦,逛逛那里的特卖会。"

"船①?"她丈夫一脸茫然地看着她,"你是说一艘游艇、小船,还是别的什么?"

邦奇笑了。"不,亲爱的。在巴罗斯和皮特曼店里有个白色织物特卖会。你知道,就是卖床单、桌布、毛巾和玻璃砂布之类的。我已经不知道该拿家里的玻璃砂布怎么办,破得都没法用了。还有,"她若有所思地加了一句,"我想,我应该去见见简姨妈。"

---

① 英语中,特卖会"sales"和船"sails"发音相同,所以文中朱利安牧师才会误解妻子的话。

第二章

那位温柔的老妇人，简·马普尔小姐，两个礼拜以来，正愉快地享受着大都市的生活，舒适地住在她外甥的一居室公寓里。

"亲爱的雷蒙德真是太好了，"她念叨说，"他和琼去美国待两个礼拜，就非要让我来这里享受生活。现在，亲爱的邦奇，告诉我，你有什么烦心事。"

邦奇是马普尔小姐最喜欢的教女，邦奇用手把她最好的毡帽往脑后推了推，开始讲述她的经历，而老妇人则极其疼爱地看着她。

邦奇的讲述准确清楚。当她说完的时候，马普尔小姐点了点头。"我明白了，"她说，"是的，我明白了。"

"所以，我觉得我得过来见见您，"邦奇说，"您是知道的，我一向不太聪明——"

"亲爱的，谁说你不聪明。"

"不，我不聪明。没有朱利安那么聪明。"

"当然了，朱利安才智非凡。"马普尔小姐说。

"是的，"邦奇说，"朱利安才智过人，但另一方面，我有判断力。"

"你掌握了很多常识，邦奇，你很有头脑。"

"您瞧，我真的不知道该怎么做。我不能去问朱利安，因为——嗯，我的意思是，朱利安太刚正不阿了……"

马普尔小姐看上去彻底明白了邦奇的意思，她说："我知道你的意思，亲爱的。我们女人——嗯，是不一样的。"她继续说，"你告诉了我发生的事，邦奇，但是，我想先知道你究竟是怎么想的。"

"一切都不对劲，"邦奇说，"教堂里那个快死的人，他知道关于圣所的一切事情。他说起圣所的样子和朱利安一样。我的意思是，他是一个饱读诗书、受过教育的人。如果他是自杀的话，不会硬撑着来到教堂，说'圣所'的事。圣所的意思是，当你被人追杀时，一旦你进入了教堂，你就安全了，追杀你的人就不能动你一根汗毛。曾经有一个时期，即使是法律在教堂面前也是无能为力的。"

她向马普尔小姐投去探寻的目光。老太太点点头。邦奇继续说："而那些人，就是艾克尔斯夫妇，十分不同，既无知又粗俗。另外，还有一件事儿，那块手表——死者的手表。表的背面刻着姓名的首字母 W.S.。但里面——我把它打开了——刻着几个非常小的字：'父亲赠沃尔特'，还有日期。沃尔特。但是，谈起死者时，艾克尔斯夫妇不停地称呼他威廉还是比尔什么的。"

马普尔小姐似乎想说点儿什么，邦奇却紧接着说道："哦，我知道别人不总用教名来称呼你。我的意思是，我能理解，你的教名可能是威廉，但是别人可能叫你'波吉'或'卡罗慈'或别的什么。但是，如果你真叫沃尔特，你姐姐不可能管你叫威廉或比尔。"

"你的意思是，她不是他姐姐？"

"当然，她不是。他们极其令人讨厌——两人都是。他们到牧师寓所来拿他的东西，还想知道那个人在临终前是否说了什么。当我说他什么也没说时,我看到他们的脸上流露出——一种解脱。我觉得,"邦奇最后得出结论,"就是艾克尔斯杀了他。"

"谋杀?"马普尔小姐说。

"是的,"邦奇说,"谋杀。所以我来这里找您,亲爱的简姨妈。"

邦奇的话,对于不了解情况的听者来说,可能有些不合逻辑。但在某个圈子里,马普尔小姐在处理谋杀案方面,是很有名望的。

"他临死前对我说'求你',"邦奇说,"他想让我为他做些什么。糟糕的是,我不知道该做什么。"

马普尔小姐沉思了片刻,然后一下子抓住了问题的关键,这点也是邦奇之前想到过的。"但是,他到底为什么去你们那里的教堂呢?"

"您的意思是,"邦奇说,"如果一个人想寻求庇护,可以进到任何一个教堂。完全没有必要坐一天只开四趟的巴士,到一个像我们那儿那么人迹罕至的地方,来寻求庇护。"

"他去那里一定是有目的的。"马普尔小姐想。"他一定是过来看谁。邦奇,齐平克莱格霍恩地方不大,你一定对他过来想见的谁有些猜测吧?"

邦奇在脑海里回想了村里的所有居民,但她拿不定主意,摇了摇头。"要我说,"她说,"谁都有可能。"

"他从来没有提到过什么名字吗?"

"他说了朱利安,或是我认为他说了朱利安。我猜,也有可能是茱莉娅。据我所知,齐平克莱格霍恩没有叫茱莉娅的人。"

她眯起眼睛,好像在回想现场的场景。那个男人躺在教堂高坛的台阶上,阳光透过窗户照了进来,闪烁着宝石般的红光和蓝光。

"宝石。"马普尔小姐若有所思地说。

"我现在要说一件最最重要的事情,"邦奇说,"这才是我今天来这里的真正原因。您瞧,艾克尔斯夫妇对于拿走死者的大衣太小题大做了。医生给他检查身体的时候,我们把他的大衣脱了下来。那件大衣又旧又破——他们没有理由想要它。他们假装是为了感怀,但那都是胡扯。"

"尽管如此,我还是上楼去找了。正要上楼时,我回想起他似乎做了个用手拿东西的姿势,好像正笨手笨脚地比画那件大衣。所以,当我拿到大衣的时候,我非常仔细地检查了一下,发现有个地方的衬里是用不同的线缝的。于是我拆开它,发现里面有一小片纸。我把它取了出来,又用和原来做工一样的线把里衬缝好。我很小心,我觉得艾克尔斯夫妇不会知道我做过什么。我是这么认为的,但也不十分确定。我把那件大衣拿下来交给了他们,并为耽误的时间编了个借口。"

"小片纸?"马普尔小姐问。

邦奇打开她的手提包。"我没拿给朱利安看,"她说,"因为他一定会说,我应该把它交给艾克尔斯夫妇。但是我觉得我应该交给您。"

"一张寄存票,"马普尔小姐边看边说道,"帕丁顿车站。"

"他的口袋里有一张回帕丁顿的车票。"邦奇说。

两个女人四目相对。

"我们得抓紧行动了,"马普尔小姐欢快地说,"但是,我想,还是要小心为妙。亲爱的邦奇,今天来伦敦的时候你有没有注意是否有人跟踪你?"

"跟踪!"邦奇喊道,"您不是认为——"

"好吧，我觉得这是有可能的，"马普尔小姐说，"当一切皆有可能时，我想我们还是应该谨慎些。"她迅速起身。"亲爱的，你是拿特卖会做幌子到这里来的。因此，我觉得接下来我们要做的就是去特卖会。但出发之前，我们可以做一两项小准备。"马普尔小姐含糊其辞地加了一句，"我想我现在不需要那件旧的河狸领斑点花呢大衣。"

大约一个半小时过后，两个女人衣衫不整，面容憔悴，紧紧抱着一包包好不容易抢购来的家用亚麻布，在一家名为"苹果枝"的偏僻小餐厅里坐了下来，点了牛排、腰子布丁、苹果挞加蛋奶沙司，想恢复一下体力。

"真是一条好毛巾，质量就和战前的一样好。"马普尔小姐气喘吁吁地说，"上面还有一个字母'J'。我们太幸运了，雷蒙德妻子的名字就是琼。我应该把它们收好，等真正需要的时候再用，我要是死得早，琼就能用上了。"

"我其实真需要这些玻璃砂布，"邦奇说，"虽然没有姜黄头发女人从我手里抢走的那些便宜，但也够便宜了。"

就在那时，一个年轻女人走进"苹果枝"，她打扮时髦，涂着厚厚的胭脂和口红。她漫无目的地向四周环顾了片刻，然后匆忙走到了她们桌前，在马普尔小姐胳膊肘边放下一个信封。

"小姐，这是给您的。"她轻快地说。

"哦，格拉迪斯，谢谢你，"马普尔小姐说，"非常感谢。你真是太好了。"

"随时愿意为您效劳，真的，"格拉迪斯说，"欧尼总对我说：'你为马普尔小姐做的每一件事都会使你受益匪浅。'我真的随时乐意为您效劳，小姐。"

"多么可爱的女孩，"当格拉迪斯离开时，马普尔小姐说，

"总是如此乐于帮忙,如此善良。"

她看了看信封里面,然后把信封递给邦奇。"现在要非常小心谨慎,亲爱的,"她说,"顺便问一下,我记得梅尔切斯特有一个人很好的年轻警督,他还在那里吗?"

"不知道,"邦奇说,"我希望他还在那里。"

"嗯,如果不在,"马普尔小姐若有所思地说,"我总可以给那儿的警察局局长打电话。我想他应该记得我。"

"他当然会记得您,"邦奇说,"大家都会记得您,您是那么与众不同。"说到这里她站了起来。

到达帕丁顿车站后,邦奇去了行李处,出示了寄存票。过了一会儿,一个相当破旧的手提箱递到她手上,她提着行李箱向站台走去。

回家的旅途平安无事。当火车到达齐平克莱格霍恩时,邦奇站起身来,提起那个旧手提箱。她刚要离开车厢,一个男人沿着站台飞快地跑过来,突然从她手中抢走了那个手提箱,仓促地跑掉了。

"站住!"邦奇大喊,"拦住他,拦住他。他拿走了我的手提箱。"

乡村车站的收票员是个反应有些迟钝的男子,他刚开口说:"喂,听着,你不能那么做——"那人就当胸一拳把他打到了一边,冲出了车站。他向一辆正在等待的小轿车跑去。他先把手提箱扔到车里,跟着就想上车。这时,一只手落在他的肩上,亚伯警员的声音随之传来:"喂喂,怎么回事?"

邦奇从车站跑了过来,上气不接下气地说:"他抢走了我的手提箱。我刚提着它下火车。"

"胡说,"那个男人说,"我不知道这个女人在说什么。这是我的手提箱,我刚提着它下火车。"

亚伯警员用一种局外人的眼神看了邦奇一眼。没有人会想到,他曾和哈蒙夫人在休息时间,多次长时间讨论过在玫瑰丛里施肥料和骨粉的好处。

"夫人,你说这是你的手提箱?"亚伯警员问。

"是的,"邦奇说,"一点儿没错。"

"你呢,先生?"

"我说这个手提箱是我的。"

这个男人身材高大,皮肤黝黑,穿着讲究,说话慢声慢气,举止傲慢。一个女人的声音从车里传出来:"这当然是你的手提箱,爱德温。我不知道这个女人在说什么。"

"我们必须得把事情弄清楚,"亚伯警员说,"夫人,如果这是你的手提箱,你说这里面装了什么?"

"衣物,"邦奇说,"一件河狸领斑点长大衣,两件羊毛衫和一双鞋。"

"嗯,说得够清楚了。"亚伯警员说,然后转向那个男人。

"我是剧院的服装师,"那个黑皮肤的男人骄傲地说,"这个手提箱里装着剧院道具,我拿到这儿是为了参加一场业余演出。"

"好,先生,"亚伯警员说,"好吧,我们就把它打开看看怎么样?我们可以去警察局,或者,如果你们着急的话,我们就把手提箱拿回车站,在那儿打开。"

"我同意,"黑皮肤的男人说,"顺便说一下,我叫莫斯,爱德温·莫斯。"

警员拿着手提箱,回到了车站。"就把它拿到行李处吧,乔治。"他对收票员说。

亚伯警员把手提箱放在行李处的柜台上,推回扣环。箱子没有上锁。邦奇和爱德温·莫斯先生分别站在他两侧,互相怒视着对方。

"啊!"当亚伯警员掀开盖子的时候叫了一声。

箱子的里面,整整齐齐地叠着一件相当破旧的河狸领斑点长大衣,还有两件羊毛衫和一双徒步鞋。

"夫人,和你说的完全一样。"亚伯警员边说边转向邦奇。

没有人会相信爱德温·莫斯先生干过见不得人的事,他的窘迫与惭愧是那样的真实。"我道歉,"他说,"我真的很抱歉。尊敬的女士,请您相信,我是多么、多么抱歉。不可饶恕,甚至是不可原谅,我是说我的行为。"他看了看手表,"我得马上走了。我的手提箱可能落在了火车上。"他再次脱帽,柔声细语地对邦奇说:"请您一定要原谅我。"然后匆忙冲出了行李处。

"你就这么放他走了?"邦奇诡秘地小声问亚伯警员。

亚伯警员慢慢眨了一下眼睛。

"夫人,他不会走太远的,"他说,"我们有人跟着他,我想你明白我的意思。"

"哦。"邦奇松了口气。

"那位老太太打过电话来,"亚伯警员说,"几年前她曾来过这儿。她真聪明,不是吗?但是,今天一整天离谱的事太多了。警督或巡佐只能明天一早去找你了解具体情况。"

第三章

来的人是科拉多克警督,马普尔小姐记得这个人。他微笑着和邦奇打招呼,就像见到了老朋友。

"又是在齐平克莱格霍恩发生的犯罪,"他欢快地说,"哈蒙夫人,你们这儿不缺少轰动的事,是吧?"

"我并不希望如此,"邦奇说,"你是来问我问题的,还是打算要告诉我一些事情啊?"

"我先告诉你一些事情,"警督说,"首先,我们已经留意艾克尔斯夫妇很久了。我们有理由相信,他们卷入了附近发生的几起盗窃案。另外,虽然艾克尔斯夫人有一个叫桑德勃恩的弟弟,但他近期刚从国外回来,昨天你在教堂里发现的那个快要死的人根本不是桑德勃恩。"

"我知道他不是,"邦奇说,"首先,他的名字叫沃尔特,不叫威廉。"

警督点点头,"他的名字叫沃尔特·圣约翰,四十八小时之前,他从查林顿监狱越狱了。"

"一定是这样,"邦奇轻声地自言自语,"他正被依法追捕,因此寻求庇护。"然后她问:"他犯了什么罪?"

"说来话长啊。这是一个复杂的故事。几年前,有个舞蹈演员在剧院里作巡回演出。我想你没听过她的名字,但她专门表演

《天方夜谭》中的一个片断，叫作《珠宝洞里的阿拉丁》。她就戴着几块莱茵石①表演。"

"她算不上一个好的舞蹈演员，但是她——嗯，很有魅力。总之，有个亚洲王室成员爱上了她，大张旗鼓地对她展开了求爱攻势。他送给她很多东西，其中有一条非常华丽的翡翠项链。"

"历史上某位王侯的珠宝？"邦奇低声说，脸上露出了狂喜之色。

科拉多克警督咳嗽了一声。"嗯，非常现代的版本，哈蒙夫人。他们的恋情并没有持续很长时间，后来分手了，因为我们的王侯又迷上某个影视明星，那个明星要的东西可不少。"

"卓贝妲，就叫那个舞蹈演员的艺名吧，一直不放弃那条项链，没过多久，项链就被盗了。项链是在她剧院的化妆间里消失的，而且，警方始终怀疑，可能是她自己策划了那起项链失踪案。这样的事情一直是宣传噱头，或者实际上出于一种不可告人的动机。"

"那条项链再也没找回来，但是，在侦查的过程中，警方注意到这个人，沃尔特·圣约翰。他是个受过教育、有教养的人。他曾经落魄过，后来是一家很不起眼的公司的职业珠宝商，警方怀疑那家公司是窃贼珠宝的销赃场所。"

"有证据证明那条项链经过他的手。不过，他最终是因为其他几起珠宝盗窃案被审判、定罪的，然后进了监狱。他的刑期就要满了，所以这个时候越狱令人感到相当吃惊。"

"但他为什么来这里呢？"邦奇问。

"哈蒙夫人，这个我们也很想知道。从他的行踪看，他好像

---

① 一种透明无色的钻石仿制品。

先去了伦敦。他并没有拜访老朋友,而是去探望了一位老妇人,雅各布斯夫人,她曾做过剧院的服装师。她对他来的原因只字未提,但是根据其他屋内房客的说法,他离开的时候拿走了一个手提箱。"

"我明白了,"邦奇说,"他把手提箱放在了帕丁顿车站的行李寄存处,然后来到了这里。"

"在那之前,"科拉多克警督说,"艾克尔斯和一个自称是爱德温·莫斯的男人跟踪了他。他们想要那个手提箱,看见他上了巴士。他们肯定是开车跑到他前面,在他下车时等着他。"

"然后他被谋杀了?"邦奇问。

"是的,"科拉多克说,"他遭到枪击。是艾克尔斯的左轮手枪击中了他,但是我更相信是莫斯开的枪。现在,哈蒙夫人,我们想知道的是,沃尔特·圣约翰在帕丁顿车站寄存的手提箱到底在哪里?"

邦奇咧嘴一笑。"我想,现在简姨妈已经拿到了它。"她说,"我的意思是,马普尔小姐。那都是她安排的。她派她以前的一个女仆把装有她东西的手提箱送到了帕丁顿车站的行李寄存处,我们交换了寄存票。我去领她的手提箱,坐火车把它带走。她似乎料到有人会试图从我手中抢走那个箱子。"

这次轮到科拉多克警督咧嘴笑了。"她打电话的时候就是这样说的。我打算开车去伦敦见她。哈蒙夫人,你想不想一起去啊?"

"啊,"邦奇边说边考虑着,"啊——事实上,真是太巧了。我昨晚牙疼,所以我真的应该去伦敦看看牙医了,不是吗?"

"毫无疑问。"科拉多克警督说。

马普尔小姐看了看科拉多克警督的脸，又看了看邦奇·哈蒙热切的面容。那个手提箱放在桌子上。"当然了，我还没有打开它。"老妇人说，"在公职人员到来之前，我是不会想做那样的事情的。另外，"她补充道，脸上露出了维多利亚时代人那种故作端庄又顽皮的微笑，"箱子是锁着的。"

"马普尔小姐，想猜一猜里面装着什么吗？"警督问。

"我猜嘛，"马普尔小姐说，"里面装的会是卓贝姐的戏服。你需要凿子吗，警督先生？"

凿子很快起了作用。当箱盖被撬开的时候，两个女人都轻轻地吸了一口气。阳光透过窗户照进来，照亮了似乎取之不尽的珠宝，那些宝石闪闪发光，红色的，蓝色的，绿色的，橘黄色的。

"阿拉丁之洞，"马普尔小姐说，"那个女孩跳舞时戴的闪闪发光的珠宝。"

"啊，"科拉多克警督说，"现在，您认为它为什么如此珍贵，让一个男人为了拿到它而被谋杀了？"

"我想她是个狡猾的女孩，"马普尔小姐想了一会儿说，"她死了，不是吗，警督先生？"

"是的，三年前死的。"

"她拥有了这条贵重的翡翠项链，"马普尔小姐若有所思地说道，"如果把那些石头从项链上拆下来，零散地固定在她的戏服上，人们会以为戏服上的石头只是五彩缤纷的人造钻石。而她还有一个真项链的仿制品，当然，那个被偷走了。难怪那条项链没出现在市场上，小偷很快发现那些石头是假的。"

"这儿有一个信封。"邦奇边说边把闪闪发光的石头推到了一边。

科拉多克警督接过她手里的信封,从里面抽出了两份官方模样的文件。他大声读道:"沃尔特·圣约翰与玛丽·莫斯的《结婚证》。"那是卓贝姐的真名。

"那么他们是结了婚的,"马普尔小姐说,"我明白了。""另一份是什么?"邦奇问。

"女儿朱尔的出生证明。"

"朱尔?"邦奇大叫,"噢,当然。朱尔!吉尔!这就对了。我现在明白他为什么来齐平克莱格霍恩了。'朱尔'就是他想要告诉我的。朱尔!芒迪一家,你知道,拉伯纳姆小屋。他们替别人照顾一个小女孩,全身心地照顾她。她就像是他们的亲孙女一样。是的,我现在想起来了,她叫朱尔,只是,当然了,他们叫她吉尔。"

"一个礼拜前,芒迪夫人患了中风,芒迪先生也得了肺炎,病得很厉害。他俩都打算去医院治病。我一直在尽力为吉尔找个好人家。我不想她被送到社会福利机构去。"

"我猜,她父亲在监狱里听说了这件事,他想办法越狱,把他或妻子放在老服装员那儿的手提箱拿走。我想,如果那些珠宝真的属于小女孩的母亲的话,它们现在可以用在小孩身上了。"

"我就是这样想的,哈蒙夫人。如果它们在这里的话。"

"哦,它们的确都在这里。"马普尔小姐欢快地说。

第四章

"谢天谢地,亲爱的,你终于回来了。"朱利安·哈蒙牧师边说,边充满爱意地欢迎他的妻子,并满意地叹了口气。"你不在家时,伯特夫人一直尽心尽力做事情,但是她给我做的午餐,那个鱼饼,味道真的非常古怪。我不想伤她的心,就把那些鱼饼给提格拉特·帕拉沙尔了,可连他都不想吃,所以我不得不把它们都扔出了窗外。"

"提格拉特·帕拉沙尔,"邦奇边说边抚摸家中的猫,那只猫靠着她的膝盖呼噜呼噜地哼哼,"对他吃的鱼非常挑剔。我经常跟他讲,他长了一个高傲的胃!"

"你的牙,亲爱的?你看过医生了吗?"

"是的,"邦奇说,"不太疼了,所以我又去看望了简姨妈……"

"可爱的老家伙,"朱利安说,"我希望她一点儿也没有变老。"

"丝毫没有。"邦奇咧嘴笑着说。

第二天早上,邦奇拿着新鲜的菊花来到教堂。阳光再次透过东面的窗户倾泻进来,邦奇站在教堂高坛的台阶上,沐浴在像珠宝一样五彩缤纷的阳光里。她非常温柔地小声说:"你的小女儿会没事的。我会确保她平安无事。我保证。"

然后，她收拾好教堂，轻快地走进了教堂小包间，跪了下来，祷告了一会儿。之后，她回到家中，着手应付她不在家这两天留下的成堆的家务活儿。

奇特的玩笑

第一章

"而这位,就是马普尔小姐!"简·赫利尔以这句话结束了她的介绍。

简是一名演员,善于表明自己的观点。显然,这是一次高潮,是成功的落幕!她的语气里既有敬畏,又有胜利的喜悦。

奇怪的是,她不吝溢美之词介绍的这位主人公,仅仅是一位温柔而略微挑剔的未婚老太太。简刚刚帮忙介绍两位年轻人与她结识,但他俩眼中带有的却是怀疑和一丝失望。他们都长得很好看。女孩叫查米安·斯特劳德,身材苗条,肤色较深;男孩叫爱德华·罗西特,金发,和蔼可亲,年轻高大。

查米安屏息静气地说:"噢!见到您很高兴。"但她的眼中分明带着怀疑。她又以质询的眼光快速瞥了简·赫利尔一眼。

"亲爱的,"面对她的目光,简回应道,"她绝对不一般。把一切交给她吧。我许诺把她带到这儿来,现在我已经办到了。"简又对马普尔小姐说道:"我知道,您会解决他们的问题的,这对您来说是小菜一碟。"马普尔小姐转向罗西特先生,用她那透出宁静的蓝眼睛望着他。"你不想跟我说说,"她说,"这一切是怎么回事吗?"

"简是我们的朋友,"查米安不耐烦地插了一嘴,"爱德华和我遇到了麻烦。简说如果我们来她的派对,她就会介绍我们认识一个人，这个人……这个人会……这个人能——"

爱德华赶紧解围。"马普尔小姐，简说您是侦探中的佼佼者！"

这位年长的女士眨了眨眼睛，谦虚地否认说："噢，不，不！没那回事。只不过像我这样住在乡村里，会渐渐地对人性产生深刻的认识。但你们着实让我非常好奇。跟我说说到底出了什么问题。"

"恐怕这是个老掉牙的故事——就是埋在地下的宝藏。"爱德华答道。

"真的？这听起来非常刺激！"

"我知道您会想到像《金银岛》①那样的故事。但我们的问题缺少通常这类故事该有的那种传奇色彩，既没有用骷髅标志标明地点的地图，也没有'向左走四步，西北方'这样的指示。相当平淡无奇——只是告诉我们应该在哪儿挖。"

"那你们到底有没有试过？"

"我得说我们大概挖了足足两平方英亩！整个地方都快变成商品菜园了。我们刚刚讨论要种西葫芦还是土豆。"

查米安突然说道："我们真的可以告诉你一切吗？"

"当然了，亲爱的。"

"那咱们就找个安静的地方，爱德华，跟上。"她领大家走出了这个拥挤不堪、烟雾缭绕的房间，之后上了楼，来到二楼的一个小会客厅。

他们刚坐下，查米安便开口说道："好吧，是这样的！故事

---

① 《金银岛》是罗伯特·史蒂文森创作的一部冒险小说。本书讲述的是十八世纪中期英国少年吉姆从垂危水手彭斯手中得到传说中的藏宝图，在当地乡绅支援下组织探险队前往金银岛的故事。

要从马修叔叔讲起,叔叔——对我们俩来说,应该叫叔爷爷,他已经很大年纪了。我和爱德华是他唯一的亲人。他很喜欢我们俩,总说他死后会把钱留给我们。噢,他去年三月去世,把拥有的一切都平分给我和爱德华了。我这么说听起来可能有些无情——我并不是说他死了是好事——事实上,我们很爱他。但是,他已经病了有一段时间了。"

"重点是他留下的'一切'实际上什么都没有。坦白说,这有点儿打击人,不是吗,爱德华?"

友善的爱德华表示赞同。"你知道,"他说,"我们是有点儿指望这笔钱的。我的意思是,当你知道你会得到一笔钱时,你不会——嗯——全力以赴,努力自己赚钱。我在部队里任职——除了工资没有任何外快——查米安自己也没什么值钱的东西。她在保留剧剧院里当舞台经理,很有趣的一份工作,她十分喜欢——就是没钱可赚。我们盼着结婚,但并不担心金钱方面的问题,因为我们都知道,总有一天,我们会非常富有。"

"可现在,你看,我们还是老样子!"查米安说道,"不仅如此,安斯提斯——家里的那块土地,我和爱德华都很热爱它——可能会被卖掉。我和爱德华都觉得这无法忍受。但如果找不到马修叔叔的钱,我们就必须卖掉它。"

爱德华说:"你知道,查米安,我们还没说到最关键的地方。"

"好,那你说吧。"

爱德华转向马普尔小姐。"是这样的,你看,随着年龄的增长,马修叔叔变得越来越多疑。他不相信任何人。"

"他太英明了,"马普尔小姐说,"人性的堕落是令人难以置信的。"

"好吧,你或许是对的。无论如何,马修叔叔就是这么想的。

他有个朋友在银行丢了钱，还有个朋友毁在了一个携款潜逃的掮客手里，而叔叔自己也上了一家诈骗公司的当，损失了一些钱财。经历这些之后，他就一直长篇大论地说，最安全、最明智的办法就是把你的钱换成真金白银，埋在土里。

"啊，"马普尔小姐说，"我开始明白了。"

"是的。朋友也劝过他，说如果那样的话，他得不到任何利息，但他坚持认为有没有利息无所谓。他说，你绝大部分的钱财'应该保存在一个箱子里，放在床下或者埋在花园里。'这是他的原话。"

查米安继续说："他去世时，尽管很富有，却几乎没有留下任何证券形式的财产。所以我们认为他一定把钱埋在地下了。"

爱德华解释说："我们发现他曾经卖过证券，不时地大量提现，没人知道他用这些钱做了什么。但他似乎很可能遵守了自己的原则，买了黄金，并把它埋了起来。"

"他死前什么都没说吗？留下什么文件了吗？没有信件吗？"

"这是最令人抓狂的部分。他什么也没留下。他神志不清了好些天，但死前回光返照。他看着我们俩，咯咯笑着——淡淡的、虚弱的轻笑。他说：'你们会一切顺利的，我漂亮的宝贝儿们。'然后他拍拍自己的眼睛——他的右眼——并且对我们眨了眨眼。然后——他离开了人世。可怜的马修叔叔。"

"他拍了拍他的眼睛。"马普尔小姐若有所思地说。

爱德华急切地询问："你觉得这里藏着什么信息吗？我想起了亚森·罗宾的故事，那个故事里就讲到，一个男人在玻璃眼中藏了什么东西。但马修叔叔没有玻璃眼。"

马普尔小姐摇摇头。"不——我一时还想不出什么。"

查米安失望地说："简告诉我们，您马上就能说出应该从哪儿开始挖呢！"

马普尔小姐笑了笑。"我可不是个魔术师。我既不认识你们的叔叔，不知道他是什么样的人，也不知道是哪座房子、哪片土地。"

查米安反问："如果你知道的话能怎样？"

"嗯，那就太简单了，真的，不是吗？"马普尔小姐答道。

"简单！"查米安反问道，"您来安斯提斯，看看到底简不简单！"

查米安可能并不希望她把这份邀请当真，但马普尔小姐爽快地说："好吧，真的，亲爱的，那就太好了。我一直想找机会寻找埋藏的宝藏。而且，"她补充道，边说边喜不自禁地望着他们，脸上露出维多利亚时代晚期式的微笑，"还有爱情故事！"

第二章

"你看!"查米安边说,边摆出夸张的姿势。

他们刚刚在安斯提斯走了一大圈,到过菜园,里面沟壕纵横;还穿过小树林,每一棵重要的树周围都被挖了一遍,这些树悲伤地凝视着坑坑洼洼的地面,那里曾是光滑的草坪。他们上了阁楼,那里老旧的旅行箱和储物箱全都被翻过了。他们下到了地下室,石板也被掀起过,已经与下面的卯分离了。他们检查过墙体,敲过墙壁,他们给马普尔小姐展示了每一件藏有,或可能会藏有暗格的古董家具。

起居室里的桌子上有一堆纸——这些纸都是已故的马修·斯特劳德留下的。每一张纸都保存完好,查米安和爱德华已经反复查看过了,认真地查看账单、邀请函、商务信函,希望能发现一些蛛丝马迹。

"您能想到我们还有哪儿没找过吗?"查米安满心期待地问道。

马普尔小姐摇摇头。"你们似乎已经找得很彻底了,我亲爱的。恕我冒昧,你们可能有点儿找过头了。我一直认为,凡事都该有个计划。就像我的朋友爱尔德里奇夫人,她有一个很棒的小女佣,把油地毡打磨得锃亮。但她干活儿太细致,连浴室的地板也擦得极为干净,所以当爱尔德里奇夫人从浴室里出来时,脚下的软木垫一滑，便狠狠地摔了一跤，腿都骨折了。最尴尬的是，由于浴室的门是锁着的——这是自然——她家的园丁只好顺着梯子从窗户爬进去。这让爱尔德里奇夫人苦恼万分，她可一直是位羞怯的女士。"

爱德华不安地来回走动。

马普尔小姐连忙说："请原谅我。我知道，我太容易跑题了。但是有的事情确实让我想起别的。有时候，这会有所帮助。我想说的就是，如果我们开动脑筋，试着想想一个最有可能的地方——"

爱德华插嘴说："您想一个吧，马普尔小姐。我和查米安的脑袋现在就是中看不中用！"

"哎呀，哎呀。当然——你们俩已经够累了。如果你们不介意的话，我就把这些仔细检查一遍。"她指的是桌子上的文件。"我的意思是，如果里面没有涉及隐私的话——我可不想让人觉得我有窥探隐私的嫌疑。"

"哦，没关系。但恐怕您找不到什么。"

马普尔小姐坐在桌旁，有条不紊地研究这捆文件。她把每份文件放回去时，都自动进行分类，一小沓一小沓摆放整齐。做完之后，她坐在那儿，直视前方出了一会儿神。

爱德华不怀好意地问道："怎么样，马普尔小姐？"

马普尔小姐略微一惊，回过神来。"能再说一遍吗？不胜感激。"

"您找到任何相关信息了吗？"

"哦，没有，没有那样的信息，但是我能确信你们的马修叔叔是个什么样的人了。就像我的亨利叔叔，喜欢开玩笑。单身汉，显然——我不知道为什么——也许是他以前遇到过挫折？他办事有条不紊,但不喜欢被拘束。单身汉大都如此!"

查米安在马普尔小姐背后,对爱德华做了个手势,示意这老太太是个糊涂虫。

马普尔小姐继续兴高采烈地谈论着她的亨利叔叔,"他非常喜欢双关语。对一些人来说,双关语最讨厌了。纯粹的文字游戏令人不快。他也是个多疑的人,总认为仆人们在偷他的东西。当然,他们有时的确偷东西,但不总这样。这种想法在他身上渐渐根深蒂固,可怜的人啊。到后来,他怀疑仆人们在他的食物里动了手脚,最后除了白水煮蛋别的什么都不肯吃!他说没人能在煮好的鸡蛋里动手脚。亲爱的亨利叔叔,他曾是一个快乐的人——酷爱饭后喝咖啡。他过去总是说:'这咖啡太摩尔式了,'你们懂的,意思就是,他想再来点儿。"

爱德华觉得,他要是再听到关于亨利叔叔的任何事,就得疯掉。

"他也很喜欢年轻人,"马普尔小姐继续说道,"但总是想逗他们一下,如果你们懂我的意思。他习惯把装糖的袋子放到孩子够不着的地方。"

查米安也顾不上礼貌了,说道:"我认为他听起来挺讨人厌的!"

"哦,不,亲爱的,他只是一个老单身汉而已,你知道,他不习惯和孩子相处。而且,他真的一点儿也不愚蠢。他过去常常将一大笔钱藏在房间里,同时又放了个保险箱,对此他整天吹嘘保险箱多么安全。由于他总说起这事,一天晚上,有贼闯入家中,用化学装备把保险箱切了个洞。"

"他自找的。"爱德华说。

"哦,但保险箱里什么都没有,"马普尔小姐说,"你看,他真的把钱藏在了别的地方——事实上，藏在书房里几卷布道文后面了。他说，没有人会从书架上取下这类书——"

爱德华兴奋地打断了她。"我说，这可是个好主意。会不会在书房？"

但查米安轻蔑地摇了摇头。"你认为我没想到那个吗？上周二你去朴茨茅斯的时候，我把所有的书都翻了一遍。把书全都拿出来了，还甩了甩。里面什么也没有。"

爱德华叹了口气。然后，他打起精神，试图用委婉的方式摆脱这个令人失望的客人。"您能过来帮我们，我们非常感激。但结果令人失望。我们耽误了您太多时间。但是——我会开车送您，好让您能赶上三点三十分的车——"

"哦，"马普尔小姐说，"但我们要找到那笔钱，不是吗？你们不能放弃，罗西特先生。'如果你们第一次没有成功，要努力、努力、再努力。'"

"您的意思是您要——继续寻找？"

"严格地说，"马普尔小姐说道，"我还没有开始。'首先要抓住你的兔子——'像比顿夫人在她的烹饪书里讲的——那是一本很棒却贵得吓人的书；大多数食谱都是这样开始的：'取一夸脱奶油和一打鸡蛋。'让我想想，我刚才说到哪儿了？哦，对。好吧，我们已经，可以说，抓住了我们的兔子——当然了，这里的兔子就是你们的马修叔叔，我们唯一要确定的就是，他会把钱藏在哪里。这应该很简单。"

"简单？"查米安反问道。

"哦，是的，亲爱的。我确定他会放在一个显眼的地方。一个暗格——这是我的结论。"

爱德华冷漠地说："不可能把金条放进一个暗格里。"

"不，不，当然不能。但没有理由断定这笔财富就是金子。"

"他过去总说——"

"我叔叔亨利也经常说起他的保险箱！所以我强烈怀疑，这只是在掩人耳目。钻石——如今钻石可以很容易放在抽屉里。"

"但我们查看了所有的暗格。我们找了一个家具木匠来检查家具。"

"是吗，亲爱的？你们真聪明。我认为你们叔叔自己的桌子最有可能。是那边靠着墙、有抽屉的书桌吗？"

"是的，我带您去看看。"查米安走了过去。她取下折板，里面有文件架和小抽屉。她打开中间的小门，摸了一下左手边抽屉里面的弹簧。中心凹处的底部发出咔嗒声，并向前滑动。查米安把它拉出来，看到下面有一个浅浅的夹层。里面是空的。

"这不是巧合吧？"马普尔小姐惊叹道，"亨利叔叔也有一个类似的书桌，只不过他的书桌是带节子的核桃木，而这是红木的。"

"不管怎样，"查米安说，"如您所见，里面什么也没有。"

"我猜，"马普尔小姐说，"你们的家具木匠是个年轻人。他不是什么都懂。过去，人们设计藏东西的地方时都非常巧妙。有这样的一种东西，叫秘密中的秘密，即抽屉里面藏着抽屉。"

她从自己整洁的灰色发髻中取出一个发夹，将发夹掰直，把尖头插入秘密凹槽一侧的类似虫洞的地方。她费了点儿劲，拉出了一个小抽屉。里面有一捆褪色的信件和一张叠起来的纸。

爱德华和查米安看到这一发现，一起猛扑了过去。爱德华颤抖着手指，打开了那张纸。接着他又把纸扔到了地上，愤慨地喊道：

"该死的烹饪食谱。烤火腿！"

查米安在解捆绑信件的丝带。她抽出一封，瞥了一眼。"情书！"

马普尔小姐的反应则带有维多利亚式的热情。"多有趣啊！说不定这就是你们叔叔终身未娶的原因。"

查米安大声读道：

"'我最亲爱的马修，我必须承认，从上次收到你的信到现在，时间真的很漫长。我尽量用分配给我的各种任务分散精力，我常对自己说，我实在很幸运，到过世界上那么多地方，虽然去美国的时候，我一点儿也不想坐船去那些遥远的岛屿！'"

查米安停了下来。"这封信是从哪儿寄来的？哦！夏威夷！"

她继续念道：

"'唉，这些原住民仍没有沐浴到光明。他们赤身裸体，过着原始的生活，大部分时间都在游泳、跳舞、用花环装饰自己。格雷先生点化了一些教徒，但只是杯水车薪，他和格雷夫人感到很受挫，十分沮丧。我尽我所能去鼓舞和激励他们。但我也经常感到悲伤，原因你能猜到，亲爱的马修。唉，对于一颗爱恋的心，分离是严酷的考验。你再次许下的誓言和表达的爱意让我备受鼓舞。亲爱的马修，我的心属于你，忠贞不二，一心一意，无论是现在还是将来，永远，永远——你的真爱，贝蒂·马丁。'

'另外，像往常一样，我把信暗中寄给了我们共同的朋友，玛蒂尔达·格拉夫斯，让她转给你。我希望上帝会原谅这个小小的花招。'"

爱德华吹了声口哨。"一个女传教士！那么这就是马修叔叔的恋情。我不明白他们为什么不结婚呢？"

"她似乎走遍了全世界，"查米安看着那些信说道，"毛里求斯……各种地方。她可能死于黄热病或者其他什么。"

一声温柔的轻笑吓了他们一跳,显然马普尔小姐非常愉快。"哎呀,哎呀,"她说,"真没想到。"

她在读烤火腿的菜谱。看到他们询问的眼神,她大声读道:"'烤火腿配菠菜。选取适量猪后腿,塞入丁香,上面抹上红糖,放入烤箱,慢火烤制。出锅后,用菠菜泥装饰。'现在,你们觉得这道菜怎么样?"

"我觉得听起来挺脏的。"爱德华说。

"不,不,其实它非常好吃——但是你们怎么看这整件事情?"

突然,爱德华的脸上显出一道光彩。"你觉得这会不会是一个密码——某种密文?"他夺过食谱,"看这儿,查米安,你知道,很有可能是密码。否则的话,没有理由把菜谱藏到一个暗格里。"

"一点儿不错,"马普尔小姐说道,"非常、非常重要。"

查米安说:"我知道这可能是什么——隐形墨水!咱们给它加热吧。打开电热炉。"

爱德华照做了,但没有任何字迹显现。

马普尔小姐咳嗽了一下。"我真觉得,你们把事情弄得太复杂了。恕我直言,这份菜谱只是一个暗示罢了。我认为,信件才是重要的。"

"那些信?"

"尤其,"马普尔小姐说,"要注意签名。"

然而爱德华几乎没有听她说话,他激动地喊道:"查米安!过来。她说得对。看——这些信封是旧的,但是信件本身却是之后写的。

"一点儿不错。"马普尔小姐说道。

"这些信只是伪造成旧的样子。我敢打赌,这是马修叔叔自己伪造的——"

"完全正确。"马普尔小姐说道。

"整件事就是个骗局。从来就没有什么女传教士。一定是个暗号。"

"我亲爱的孩子们——真没必要搞得这么复杂。你们的叔叔就是一个很简单的人。他有时会开些小玩笑,仅此而已。"

这是他们第一次集中注意力听她讲话。"您到底是什么意思,马普尔小姐?"查米安问道。

"我的意思是,亲爱的,事实上,此时钱已经在你们手里了。"

查米安低头望去。

"是签名,亲爱的。它为整件事提供了线索。这份菜谱只是一个暗示罢了。撇开所有丁香、红糖以及其他的东西,到底还有什么?嗨,当然是猪后腿和菠菜了!猪后腿和菠菜!意思是——一派胡言!因此很显然,那些信才是重要的。那么,仔细想想,你们的叔叔在去世之前做过什么。你们说,他拍拍他的眼睛。嗯,这就是给你们的线索。"

查米安说:"是我们疯了,还是您疯了?"

"当然,亲爱的,你们一定听说过一句话,意思是胡说八道,难道这种说法现在已经过时了?'胡说八道和贝蒂·马丁。'[①]"

爱德华倒吸了口气,他的目光落在他手中的信上。"贝蒂·马丁——"

"当然,罗西特先生。像你刚才说的那样,现在没有——过去也没有这个人。这些信是你叔叔写的,而且我敢说他写得很开

[①]原文为"All my eye and Betty Martin",英国俚语,意思是胡说八道,鬼话连篇。

心！正如你所说，信封上的字迹更旧——事实上，这些信封与信件怎么都不匹配，因为你手里拿着的信封上的邮戳是一八五一年的。"

她停了一下，特意加重了语气："一八五一。而这就解释了一切，不是吗？"

"对我来说不是。"爱德华说。

"当然了，"马普尔小姐说，"我敢说要是没有我的侄孙子莱昂内尔，我也不明白。他是一个很可爱的小男孩，热衷于收集邮票。他知道关于邮票的一切。就是他告诉我一些珍稀昂贵的邮票，以及一枚新发现的精美邮票就要被拍卖等等这些事。我确实记得他提过一枚邮票——一张蓝色的一八五一年的两美分邮票。它最后成交价格好像是两万五千美元。真想不到！我就猜，其他那些同年的邮票应该也值这个价。怪不得你们的叔叔从经销商手中买了这些邮票，小心地'掩盖自己的行踪'，就像侦探小说里写的那样。"

爱德华呻吟了一声。他坐下来，用双手捂住脸。

"怎么了？"查米安问道。

"没什么。只是想想就觉得可怕，要不是马普尔小姐，我们可能会把这些信烧了，体面地、绅士般地把它们烧了！"

"啊，"马普尔小姐说，"这正是那些爱开玩笑的老绅士们从未意识到的。我记得亨利叔叔送了他最喜欢的侄女一张五英镑的钞票作为圣诞礼物。他把钱放到一个圣诞卡片里，把卡片粘到一起，然后在上面写道：'爱你，祝你好运。恐怕我今年也只能做到这些了。'"

"但是那个可怜的小女孩，认为她的叔叔太吝啬了，很是恼怒，于是直接把卡片扔到了火里；之后呢，当然，他只得又送了她一份。"

爱德华对亨利叔叔的态度突然来了个一百八十度大转变。

"马普尔小姐,"他说,"我要拿一瓶香槟来。我们都为您的亨利叔叔的健康干杯。"

软尺谋杀案

第一章

波利特小姐手握门环，礼貌地轻敲乡村别墅的门。隔了一会儿见没有人应门，就又敲了一下。她左胳膊夹的包裹在她敲门时滑出去了一点儿，她便重新扶正了一下。包里放的是斯本罗夫人的绿色新冬装，准备让她试穿。波利特小姐的左手上挂着一个黑色的丝袋，袋子里放了一把软尺、一个针垫和一把干活儿用的大剪刀。

波利特小姐身材高挑，体态消瘦，长了一个尖尖的鼻子和两片噘起的嘴唇，铁灰色的头发，有些稀疏。她第三次用门环敲门前，犹豫了一下。她扫了一眼街道，看见一个人正飞快地走过来。哈特内尔小姐今年五十五岁，性情开朗，饱经风霜。此刻她用一贯低沉的大嗓门喊道："波利特小姐，下午好！"

女裁缝回应道："哈特内尔小姐，下午好。"她的声音非常细，口音显得十分文雅。她的第一份工作是给一位夫人当贴身女仆。"冒昧问一下，"她接着说，"您知不知道斯本罗夫人是否在家？"

"那我可不知道。"哈特内尔小姐说。

"这太让人为难了。今天下午，我要给斯本罗夫人试穿新衣。她定的是三点半。"

哈特内尔小姐看了一眼她的腕表。"现在都已经过了三点半了。"

"是啊。我已经敲了三次门,但似乎没有任何反应,所以我想知道斯本罗夫人是不是出门了,忘了这件事。但她一般不会失约,况且她后天还想穿这件衣服呢。"

哈特内尔小姐进了大门,走过小径,和波利特小姐一起站在拉布纳姆别墅的门外。

"为什么格拉迪斯不出来开门呢?"她询问道,"哦,不对,我忘了,今天是礼拜四——格拉迪斯不在家。我猜斯本罗夫人睡着了吧,你的敲门声不够响,没吵醒她。"

她一把抢过门环,把门敲得咚咚响,简直震耳欲聋,她还使劲敲打门的镶板,扯开嗓子大喊:"嗨,里面有人吗!"

依然没有任何应答。

波利特小姐喃喃说:"哦,我想斯本罗夫人一定忘记这件事出去了,我换个时间再来吧。"她准备沿着小径离开。

"胡说,"哈特内尔小姐坚定地说,"她不可能出去。我刚遇见过她。我去隔着窗户看看屋里是不是还有活人。"

她一向热心肠,笑着表示那只是个玩笑,然后象征性地往最近的窗玻璃那儿看了一眼——之所以只是象征性地,是因为她很清楚,斯本罗夫妇很少在客厅待着,他们比较喜欢后面的小起居室。

虽然只是象征性地看了一眼,她却一下子看到了人。哈特内尔小姐确实没看到任何活人。相反,她透过窗户看见斯本罗夫人躺在壁炉前的地毯上——死了。

* * *

"当然了,"后来哈特内尔讲述了事情经过,她说,"我努力保持镇定。那个叫波利特的家伙完全不知道怎么办。'要保持镇定,'我对她说,'你待在这里,我去找波尔克警员。'她说她不想留下来,但是我一点儿也顾不上这些了。对那样的人必须狠下心来,我发现他们总喜欢大惊小怪。就在我要离开的时候,斯本罗先生从房子拐角转了过来。"

说到这儿,哈特内尔小姐意味深长地停顿了一下。这使得她的听众迫不及待地问道:"告诉我,他什么表情?"

哈特内尔小姐接着说:"坦率地讲,我立刻产生了怀疑!他表现得太过平静了。他看上去一点儿都不惊讶。你们愿意怎么说都行,但是当一个男人听到自己的妻子死了,却没有流露任何情感,这就不正常了。"

大家都同意这种说法。

警察也同意这个观点。人们都对斯本罗先生的冷漠表示怀疑,于是他们马上调查了一下斯本罗先生因为妻子的死,能够得到些什么好处。人们发现斯本罗夫人原本很富有,婚后不久她立下遗嘱,遗产将由她丈夫继承,这更加深了警方对丈夫的怀疑。

马普尔小姐是一位慈眉善目的——有人说,她嘴巴厉害——老处女,她住在教区长寓所的隔壁。在发现这起命案的半个小时内,波尔克警员就来到她家调查。他神气活现地用拇指翻弄着笔记本,说道:"夫人,如果您不介意的话,我有几个问题要问您。"

马普尔小姐问:"是与斯本罗夫人的谋杀案有关吗?"

波尔克感到很惊讶。"夫人,可以问一下您是怎么知道这个消息的吗?"

"鱼。"马普尔小姐说。

这个回答对波尔克警员来说很好理解。他毫不费力地猜到，是鱼贩的儿子给马普尔小姐送晚餐时，把这件事告诉了她。

马普尔小姐继续温和地说："躺在起居室的地板上，被勒死了——很有可能是用一条很窄的带子。但是无论那个东西是什么，已经被拿走了。"

波尔克面带愠怒。"那个小弗雷德怎么什么都知道——"

马普尔小姐机敏地打断了他的话，她说："您的上衣上有一根别针。"

波尔克警员低头一看，吃了一惊。他说："确实有人说：'看见一根针，就把它捡起来，你会幸运一整天。'"

"我希望那句话会应验。现在你想让我告诉你什么呢？"

波尔克警员清了清嗓子，神气活现地查阅了一下他的笔记本。"死者的丈夫亚瑟·斯本罗先生向我做了陈述。据他所说，两点半时，他接到了您的电话，问他能否在三点十五分过去一下，因为您想向他咨询一些事情。那个，夫人，那是真的吗？"

"当然不是。"马普尔小姐说。

"两点半时，您没有给斯本罗先生打电话吗？"

"不只是两点半，其他时间也没有。"

"啊——"波尔克警员说，然后非常满意地舔了舔胡子。

"斯本罗先生还说什么了？"

"他说，他是应邀来这里拜访的，三点十分出的门；当他到这里的时候，女佣告诉他，您'不在家'。"

"这话是真的，"马普尔小姐说，"他确实来过这里，但是我那时正在妇女协会开会。"

"啊——"波尔克警员又说。

马普尔小姐大声说："告诉我，警员先生，你是不是怀疑斯本罗先生？"

"眼下我还不能这么说，但在我看来，某个人——暂且不提名字——却一直在设法耍花招儿掩盖罪行。"

马普尔小姐若有所思地说："斯本罗先生吗？"

她喜欢斯本罗先生。斯本罗先生又矮又瘦，说起话来既呆板又传统，但极受人尊敬。奇怪的是，他居然来乡下生活，很显然他以前一直生活在城里。他向马普尔小姐倾吐了其中的原委。他说："我从小就一直想着有一天到乡下生活，拥有属于自己的花园。一直以来，我都非常喜欢花。我的妻子，您知道，开了一家花店。我就是在那里第一次与她相识。"

话虽平淡，却让人联想到浪漫的场景：年轻貌美的斯本罗夫人，站在花海之中。

不过，斯本罗先生对种花真是一窍不通。他分不清花籽种类，不懂得如何修剪，也不知道栽植嫁接，更是分不清一年生和多年生的花卉。他只是有一种幻想——幻想着在乡村别墅里有一个花园，那里种满了香气扑鼻的鲜艳花朵。他曾可怜兮兮地向马普尔小姐请教种花之道，还把她的回答记在了小本子上。

他做事相当有条不紊。也许，就是因为他的这个特点，在他妻子被发现遭遇谋杀时，警方才对他产生怀疑。经过一番耐心持续的调查，警方了解到了已故斯本罗夫人的很多事情——很快，整个圣玛丽米德的人也知道了这些事情。

已故的斯本罗夫人曾给一个大户人家做打杂女佣。后来她辞了那份工作，嫁给了一个花匠，然后和他一起在伦敦开了一家花店。花店生意兴隆，可那名花匠不久就得了病，死了。

他的遗孀继续经营着那家花店，还野心勃勃地扩大了经营规模。她的生意依旧兴隆。然后，她把花店卖了个好价钱，开始了第二段婚姻——嫁给了斯本罗先生，一个继承了一家濒临倒闭的小企业的珠宝商。之后不久，他们卖了那家企业，来到了圣玛丽米德。

斯本罗夫人很富有。她对每个人解释说，她投资的花店带来的利润都是"在神灵的指引下"获得的。神灵用非凡的智慧为她出谋划策。

她的所有投资都很成功，有些投资甚至收益颇丰。然而，这并没有使斯本罗夫人更加信奉神灵，相反，她在一段时期内还全身心地投入到了一种神秘的宗教中，这种宗教与印度教相类似，都是建立在各种形式的深呼吸基础之上。然而，到了圣玛丽米德，她又重新信奉正统的英国国教。她经常出入牧师寓所，勤勤恳恳地做礼拜；还经常光顾乡村商店，关心本地发生的事情，还打乡村桥牌。

她每天过着平凡的生活，然后，突然，被谋杀了。

第二章

郡警察局局长梅尔切特上校传唤了斯莱克警督。

斯莱克是个鲁莽武断的人。只要做出了决定，他就会固执己见。现在，他就非常肯定，"是她丈夫干的，长官。"他说。

"你这样认为？"

"一定是这样。您只要看看他就知道了。真是罪孽深重，丝毫没有表现出一点儿悲痛或情绪波动。他回到家里的时候就已经知道她死了。"

"作为丈夫，他难道连装成一副心烦意乱的样子都没有吗？"

"他没有，长官。他心里高兴着呢。有些人向来演技差劲。"

"他有外遇吗？"梅尔切特上校问。

"还没发现这方面的蛛丝马迹。当然了，他很狡诈。他会掩盖他的行踪。照我看，他就是厌倦了他的妻子。她很富有，而且我得说，还是个令人难以忍受的女人——总是对一些'学说'什么的感兴趣。于是他残忍地决定杀掉她，自己一个人舒适地生活。"

"对，我猜很可能就是这样。"

"毫无疑问，就是这样的。他精心策划了整个谋杀计划。假装接到电话——"

梅尔切特打断他："没追踪到任何电话？"

"是的，长官。这意味着，要么他撒谎了，要么电话是从公用电话亭打过去的。村里只有两部公用电话，一部在车站，一部在邮局。当然不会是邮局那个，因为只要有人进来，布雷德夫人就会看见。可能是车站那个。火车两点十七分到站，那时会有点儿喧闹。但主要问题在于，他说是马普尔小姐给他打的电话，可事实并非如此。电话并不是从她家打出去的，而且她那时不在家，在协会。"

"你是不是忽略了一个可能性，就是她丈夫被某个人故意支开——那个想要谋杀斯本罗夫人的人？"

"长官，您是说小泰德·杰拉德，是吗？我曾经考虑过他——我们所面临的问题是他缺乏动机。他从中得不到任何利益。"

"但是，他是一个不受欢迎的人。他有过侵吞公款的行为，这给他的信用带来过不小的污点。"

"我不是说他没做过错事。但是，他毕竟去找过他的老板，承认了侵吞公款的事，而他们当时对此还毫不知情。"

"一位牛津集团①成员。"梅尔切特说。

"是的，长官。浪子回头，打算坦荡做人，然后承认自己偷拿了钱。请注意，我不排除他出于狡猾而去自首的可能性。他也许认为自己被怀疑了，于是决定坦白交代，赌上一把。"

"你想得太多了，斯莱克，"梅尔切特上校说，"顺便问一句，你到底有没有和马普尔小姐谈过？"

"她跟这个案子有什么关系，长官？"

"哦，没什么。但是你知道她听到了一些事情，为什么不去和她谈一谈呢？她可是个很有洞察力的老妇人。"

---

① 牛津集团（Oxford Group）：成立于一九二一年的牛津大学的道德重整组织。

斯莱克换了个话题。"长官，我有一件事情要问问您。死者最早是在罗伯特·阿伯克龙比阁下的家当女佣。他家曾发生过珠宝盗窃案，被盗的翡翠值一大笔钱，一直没追回来。我调查过那个案子——这个叫斯本罗的女人当时肯定在那儿，虽然她那时只是个小女孩。长官，您难道不认为她可能卷入了那起盗窃案吗？斯本罗，您知道，是那种微不足道的小珠宝商——专门买卖赃物的家伙。"

梅尔切特摇头。"我不认为死者在那件案子里还有什么可挖的。她那时候都不认识斯本罗。我记得那个案子。警察圈里的人认为，那家的一个儿子卷入了那起盗窃案——吉姆·阿伯克龙比——十足的小败家子儿。他有一堆债务，抢劫案发生后他的债务都还清了——他们说是某个富婆为他还的，但我不知道是否就是这样——老阿伯克龙比刻意回避这个案子，对警方敷衍了事。"

"长官，这不过是一个想法。"斯莱克说。

第三章

马普尔小姐高兴地接待了斯莱克警督,尤其当她听到是梅尔切特上校派他来的时候。

"那个,梅尔切特上校实在是太好了。我都不知道他还记得我。"

"毫无疑问,他记得您。他告诉我,您所掌握的有关圣玛丽米德事件的信息都很值得一听。"

"他太好了,但是我真的一无所知。我是说关于这起谋杀案。"

"但您知道人们对于这起谋杀案都谈了什么。"

"哦,当然了——但一遍一遍重复的闲谈是没用的,不是吗?"

斯莱克努力表现得亲切,他说:"这不是正式谈话,您知道。可以说,是私下的交谈。"

"你的意思是,你真想知道人们在说什么吗?无论是真是假?"

"我正是这个意思。"

"啊,当然了,人们谈论了很多,也有很多推测。归结起来大致分为两个不同的阵营:有人认为是死者的丈夫杀的。丈夫或是妻子,在某种程度上,很自然会成为人们怀疑的对象,你不这么认为吗?"

"有可能。"警督谨慎地说。

"两个人整天在一起,你懂的。还有就是谋财这方面。我听说斯本罗夫人很有钱,因此她的死的确会让斯本罗先生得到好处。在这个道德沦丧的社会,我恐怕最无情的假设通常是最合乎情理的。"

"毫无疑问他会继承一大笔钱。"

"正是如此。他把她勒死,然后从后门离开家,穿过田地,到我家找我,假装他接到了我的电话,然后又返回去,发现他的妻子在他不在家的时候被谋杀了——当然,他希望把罪责推到某个流浪汉或窃贼的身上。这些听起来似乎合情合理,不是吗?"

警督点头。"从谋财的角度来讲是这样,如果他们最近相处得不融洽——"

但是马普尔小姐打断了他。"哦,但是他们并没有吵架。"

"您确定?"

"如果他们吵架了,所有人都会知道!他们家的女仆格拉迪斯·布伦特,她会很快把消息传遍整个村子。"

警督先生有气无力地说:"她可能不知道——"马普尔小姐用遗憾的笑容回应了他。

马普尔小姐继续说:"还有另一派人。他们认为凶手是泰德·杰拉德——一个相貌帅气的小伙子。你知道,姣好的相貌很容易给人带来意想不到的影响。我们倒数第二个助理牧师就是一个典型例子——多么神奇!所有的女孩都去教堂做礼拜,无论早晚。许多年长的妇女在教区工作中变得异常活跃,为他做了好多拖鞋和围巾!真让那个可怜的年轻人感到为难。

让我想想,我刚才说到哪儿了?哦,对了,这个年轻人,泰德·杰拉德。人们确实对他有些非议,他去斯本罗夫人那儿拜访的次数实在太多了。斯本罗夫人曾亲口告诉我,他是牛津集团的成员，那是一个宗教运动团体。我认为，他们相当虔诚，还非常真诚，斯本罗夫人完全被这个团体感动了。"

马普尔小姐深吸了一口气，继续说："我肯定，他们两人之间没有所谓的男女私情，但你知道人是一种怎样的动物。相当一部分人确信，斯本罗夫人热恋着那个年轻人，并且她还借给他一大笔钱。那天，有人在火车站看见他上了两点二十七分的下趟列车，这确有其事。但是，当然了，他可以相当轻松地从火车的另一边溜出去，通过路堑，越过栅栏，然后绕过树篱，这样就不会被人看到从车站出口出来了。所以，他不需要让人看见他去了乡间别墅。当然了，人们确实认为斯本罗夫人的穿着很古怪。"

"古怪？"

"是和服，而不是套裙。"马普尔小姐的脸红了，"那种衣服，你知道，也许对于某些人来说很有诱惑力。"

"您认为那衣服有诱惑力？"

"哦，不，我不那么认为，我认为它再正常不过了。"

"您认为它正常？"

"在那种情况下，是的。"马普尔小姐瞥了一眼，露出冷静、沉思的眼神。

斯莱克警督说："这可能给我们提供了她丈夫另外一个作案动机——嫉妒。"

"哦，不，斯本罗先生从来不会嫉妒。他不是那种什么事都留意的人。如果他的妻子跟别人跑了，并在针垫上留下纸条时，他才会知道。"

马普尔小姐正目不转睛地看着斯莱克警督，这让斯莱克感到困惑。他知道她所说的话都有意在暗示着什么，但是他没能理解。现在她有些强调地说："警督先生，难道你没发现任何线索吗——在现场?"

"马普尔小姐,现在的犯罪现场找不到指纹或烟灰。"

"但这起案件,我认为,"她暗示道,"是一起旧式的犯罪案件——"

斯莱克警觉地问:"您那么说是什么意思?"

马普尔小姐慢慢地说:"我觉得,波尔克警员能帮到你。据说,他是第一个到达——到达'犯罪现场'的人。"

第四章

斯本罗先生坐在躺椅上，看上去有点不知所措。他用细微而清晰的声音说："可能是我胡思乱想了，我的听力不如以前那么好。但是我确实听到有个小男孩在我后面叫喊：'呀，谁是叫克里平①的啊？'这……这让我感觉，他认为我……是我杀了我亲爱的妻子。"

马普尔小姐轻轻剪下一朵凋谢的玫瑰花，说道："毫无疑问，他就是那个意思。"

"但是一个小孩子怎么能有那种想法？"

马普尔小姐咳嗽了一下。"无疑是从大人那里听来的。"

"您……您真正的意思是，其他人也是那样想的吗？"

"在圣玛丽米德，大部分人都这样想。"

"但是，亲爱的女士，人们怎么会有那种想法呢？我真心实意地爱着我的妻子。哎，她非常不喜欢住在乡下，而我又非常希望她喜欢，但是夫妻不可能对每个问题的观点都完全保持一致。我向您保证，对于她的死，我真的非常悲痛。"

"也许吧。但请原谅我这么说，你看起来不像实际那样悲痛。"

身材瘦削的斯本罗先生站起身来。"亲爱的女士，很多年前，

---

① 克里平（Crippen, 1862—1910），美裔英国谋杀犯，因毒死妻子被处绞刑。

我看书时读到一位中国贤哲,在他深爱的妻子离他而去时,他继续镇定地在街上敲锣打鼓①——我猜那大概是中国古代一种惯常的消遣方式——完全与平日无异。城里的人们都为他的坚毅感动不已。"

"但是,"马普尔小姐说,"圣玛丽米德的人们的反应可相当不同。他们对中国贤哲可不感兴趣。"

"但是您理解吧?"

马普尔小姐点点头。"我的亨利叔叔,"她解释说,"是个有着超强自控力的人。他的座右铭是'永远不要流露情感'。他也非常喜欢花。"

"我当时在想,"斯本罗先生有些热切地说,"我可以在乡村别墅的西面弄个藤架,种上粉红色的玫瑰,还有紫藤。另外有一种白色的星形花,我现在想不起它的名字了——"

马普尔小姐用对她三岁的侄孙说话的语气说:"我这里有个非常漂亮的目录册,带图的。也许你会有兴趣看看——我现在不得不出去一趟。"

马普尔小姐将斯本罗先生留在花园里,让他尽情翻阅那本目录册,自己则回到房间,匆忙地用一张牛皮纸卷起一件套裙,离开家,迅速向邮局走去。裁缝波利特小姐就住在邮局楼上。

但是,马普尔小姐并没有立刻穿过大门上楼。时间正好是两点三十分,一分钟过后,马奇贝纳姆的公交车在邮局门外停了下来。这是在圣玛丽米德每天都会发生的事情。邮局女局长匆忙拿着几个包裹走出去,这些包裹都是邮局商店的,因为邮局还出售糖果、廉价书和儿童玩具。

---

①指的是庄子"鼓盆而歌"的故事,出自《庄子·至乐》。

马普尔小姐独自在邮局里待了大约四分钟的时间。

直到邮局女局长回到岗位,马普尔小姐才上了楼。她对波利特小姐说,如果可能的话,她想将她的灰色旧绉绸裙装改得更时尚一些。波利特小姐允诺她会尽力去做。

第五章

当有人通报马普尔小姐来访时,郡警察局局长感到相当惊讶。马普尔小姐进来后,一个劲儿地道歉:"非常抱歉——十分抱歉打扰到您了。梅尔切特上校,我知道,您非常忙,但您一向为人和善。所以我宁愿来找您,而不去找斯莱克警督。首先,我并不喜欢让波尔克警员陷入任何麻烦。严格来说,我认为他本不应该触碰任何东西。"

梅尔切特上校有点儿困惑,他说:"波尔克?是圣玛丽米德的那个警员吗?他做了什么?"

"他捡到了一根针。那根针别在了他的外衣上。我当时想,他很有可能是在斯本罗夫人的家里捡到了那根针。"

"的确如此,的确如此。但是,一根针到底有什么用啊?他确实是在斯本罗夫人的尸体旁捡到了那根针,昨天还来跟斯莱克说了这件事——我猜,是您让他那么做的吧?当然了,他不应该触碰任何东西,但是,正如我刚才说的,一根针有什么用啊?它只是一根普通的针,任何一个女人都会用到它。"

"哦,不是的,梅尔切特上校,您错了。在男人眼中,也许它看起来只是一根普通的针,但事实并非如此。它是一根特别的针,非常细,人们一般都会成盒买,大多数情况下大裁缝才用那样的针。"

梅尔切特盯着她看,瞬间似乎有点儿开窍。马普尔小姐迫不及待地点了好几次头。

"是的,当然了。在我看来,这太明显了。由于打算试穿新外套,斯本罗太太穿着和服式晨服,走进了客厅。接着波利特小姐说要量她的尺寸,然后把软尺绕在她的脖子上——她要做的就是绕过去,用力拉——非常简单。接着,她走出去把门关上,站在那里敲门,就好像她刚刚到的样子。但是,那根针表明她已经进过屋了。"

"是波利特小姐给斯本罗先生打的电话?"

"是的。两点半从邮局打的——正是公共汽车到站,并且邮局空无一人的时候。"

梅尔切特上校说:"但是,亲爱的马普尔小姐,为什么?苍天在上,为什么啊?没有动机是不会杀人的啊。"

"嗯,我想,梅尔切特上校,从我听说的来看,这案子的起因要追溯到很久以前了。这让我想起我的两个表兄弟,安东尼和戈登。无论安东尼做什么,都能做成,但如果是可怜的戈登的话,就是另一种结果了:赛马瘸了,股票下跌,财产贬值。在我看来,这两个女人一起参与了一件事。"

"参与了什么事?"

"很久以前的一起盗窃案。据我所知,被盗的是非常贵重的翡翠,夫人的女仆和打杂女佣一起干的。因为有一件事还无法解释清楚——那个打杂女佣嫁给园丁后,他们是如何有足够的钱去开一家花店的呢?"

"答案就是,靠她分得的那份——那份赃物,我认为这是正确的表述。她做什么事情都很顺利。钱生钱。但是另一个人,夫人的女仆,就没那么走运了。她最终沦落为一个乡村裁缝。然后她们再次相遇。我猜起先一切都还好，直到后来泰德·杰拉德先生出现了。

斯本罗夫人，您知道，已经遭受了良心的谴责，很容易在感情上寄托于宗教。那个年轻男子无疑劝她'勇敢面对''坦白承认'，我敢说她当时努力想要做这件事。但是波利特小姐就不那么想了。她觉得，她会因几年前犯下的那桩盗窃罪而锒铛入狱。所以她下定决心，要彻底了结此事。我恐怕，她一直都是个恶毒的女人。如果那个善良、愚蠢的斯本罗先生被绞死的话，她会面不改色。"

梅尔切特上校慢慢地说："在某种程度上，我们能——呃——证实您的推测：那个叫波利特的女人在阿伯克龙比家做夫人的女佣的身份，但是——"

马普尔小姐立刻消除了他的疑虑。"这相当容易。她是那种面对事实会立刻崩溃的女人。您看，我拿来了她的软尺。我——呃——在昨天试穿衣服的时候，偷偷把它拿走了。当她发现软尺不见时，肯定会认为是警察把它拿走的——噢，她是个相当无知的女人，她会认为那个软尺在某种程度上将对她不利。"

马普尔小姐给了他一个鼓励的微笑。"您不会有麻烦的，我可以向您保证。"他最喜爱的姨妈也曾经用过这种语气向他保证，他一定能考上桑赫斯特①。

而他确实考上了。

---

① 桑赫斯特（Sandhurst），英国英格兰南部一村庄，英国陆军军官学校所在地。

看门人疑案

第一章

"那么,"海多克医生询问他的病人,"今天感觉如何?"

马普尔小姐躺在枕头上,虚弱地朝他微笑了一下。

"说真的,我觉得自己好点儿了,"她说道,"但我情绪十分低落。我总是禁不住想要是我死了,那该多好。毕竟,我已经老了,没有人需要我,也没有人在意我。"

海多克医生像往常一样粗鲁地打断了她。"是的,没错,这是得这种流感后的典型反应。你需要的是某种能改善你情绪的东西,一种精神滋养品。"

马普尔小姐叹了口气,摇了摇头。

"而且,"海多克医生继续说道,"我今天已经把药带来了!"

他把一个长长的信封扔到床上。

"这正是你需要的东西。此类谜题最适合你了。"

"谜题?"马普尔小姐看起来饶有兴趣。

"我在文字上下了一些功夫,"医生说,脸微微有些泛红,"我用了'他说''她说''女孩想'等等这样的句子,设法让它看起来像个普通故事。不过故事情节都是真实的。"

"但为什么是谜题呢?"马普尔小姐问道。

海多克医生咧嘴一笑。"因为如何理解它完全在于你自己。我想知道你是否依旧聪明,遇到难题是否还能迎刃而解。"

说完这些尖刻的话，他就离开了。

马普尔小姐拿起手稿开始阅读。

"那么新娘在哪儿？"哈蒙小姐欢快地问道。

村里人都急于看到哈利·莱克斯顿从国外带回来的这个年轻、富有、漂亮的妻子。大家都宽容地认为，哈利——这个缺德的无赖——交上了好运。每个人对哈利都很宽容。就连那些被他用弹弓打碎窗户的房子的主人，在他可怜兮兮地表达歉意后，也都消了气。他打破过窗户，偷过果园，捕过人家的兔子，后来又负债累累，与当地烟草商的女儿纠缠不清——之后被迫与那个女孩断绝关系，并被送往非洲——村里人，尤其是几个老姑娘，用宽容的语气低声说着："啊，噢！放荡不羁的年轻人！他会安定下来的！"

果然，现在，浪子回头了——不是潦倒，而是凯旋。正如俗话说的那样，哈利·莱克斯顿"出人头地"了。他振作起来，努力工作，最终遇到并成功追求到一位年轻的英法混血女孩，她还拥有一笔可观的财富。

哈利本可以在伦敦生活，或者在某个时髦的狩猎村庄购置一份房产，但他更喜欢回到自己的家乡。最浪漫的是，他买下了荒废的寡妇房屋的地产，他曾在那里度过了童年。

金斯迪家的房子空置了近七十年，它渐渐腐朽废弃。一位年老的看门人和他的妻子住在其中尚可居住的一隅。这个房子面积巨大，宏伟华丽，却不讨人喜欢。公园里植被茂密丛生，树木在四周将中间团团围住，犹如某个阴暗巫师的老窝。

寡妇的房屋十分舒适，朴实无华，长期租给哈利的父亲，莱克斯顿少校。小时候，哈利玩遍了金斯迪的每一个角落，连对盘根错节的树木都了如指掌,这个老房子本身也强烈地吸引着他。

莱克斯顿少校几年前已经去世,所以人们可能会认为哈利在这儿没有什么牵挂,不会再回来了——然而,哈利恰恰把新娘带回了童年的家。破败的金斯迪宅邸被拆除了。一队建筑人员和承包商骤然拥入此地,以快得不可思议的速度——有钱能使鬼推磨——建造了一座崭新的房屋,这座白色的房屋挺立在树间,闪闪发光。

之后来了一群园丁,在他们之后,又来了一队拉家具的货车。

房屋已万事俱备。仆人们也到了。最后,一辆价格不菲的高级豪华轿车停在前门,哈利和哈利太太从车上下来。

全村人奔走相告,普赖斯夫人也发出了邀请函,举办派对"迎接新娘"。这个女人拥有村里最大的房子,并且自认是当地社交圈的领袖。

这可是件大事。有几位女士还为了这个派对买了新礼服。人人都很兴奋、好奇,渴望看到这个传说中的女子。他们说一切就像童话故事一样。

哈蒙小姐是个饱经风霜、心地热忱的老处女,她一边挤过拥挤的试衣间的门,一边抛出问题。身材娇小的布伦特小姐是一位瘦弱、乖僻的未婚女子,她急忙传递着她得到的信息。

"哦,天哪,太迷人了。举止如此优雅,人也那么年轻。说真的,看到一个人拥有一切那么美好的东西,太让人羡慕了。有美貌,有钱,有教养,鹤立鸡群,她的一切都与众不同。可爱的哈利还那么爱她。"

"啊,"哈蒙小姐说,"说这话还为时尚早!"

布伦特小姐抽了下鼻子,表示赞同。"噢,亲爱的,你真的认为——"

"我们都知道哈利是什么样的人。"哈蒙小姐答道。

"我们知道他过去是什么样的人!但我现在希望——"

"啊,"哈蒙小姐说,"男人都一样。一日浪子,终身浪子。我了解他们。"

"天哪,天哪。可怜的小东西。"布伦特小姐看起来兴奋多了,"的确,我猜她会跟他产生矛盾。真该有人去提醒她一下。我不知道她听没听过任何过去的故事?"

"这似乎太不公平了,"布伦特小姐说道,"她什么都不知道。太尴尬了,尤其是村里只有一家药店。"

因为之前烟草商的女儿嫁给了药店的店主埃奇先生。

"如果莱克斯顿夫人要在马奇贝纳姆与布茨打交道的话,"布伦特小姐说,"就更好了。"

"我敢说,"哈蒙小姐说道,"哈利·莱克斯顿会主动提出来的。"

两人又交换了一个意味深长的眼神。

"可是我认为,"哈蒙小姐说,"她应该知道。"

第二章

"禽兽!"克拉丽斯·文恩义愤填膺地跟她叔叔海多克医生说道,"有些人是绝对的禽兽。"

他好奇地望着她。

克拉丽斯身材高挑,肤色较深,端庄健美,富有爱心,又容易冲动。现在,她棕色的大眼睛闪烁着愤慨的光芒,她说:"这些长舌妇,就知道搬弄是非,恶语伤人!"

"有关哈利·莱克斯顿的?"

"是的,关于他和烟草商女儿的情事。"

"噢,那个呀!"医生耸耸肩,"许多年轻男子都有这样的风流韵事。"

"确实是,但都已经结束了。那还为什么老是抓住这个事不放呢?为什么多年以后又旧事重提呢?就像食尸鬼蚕食死人的尸体一样。"

"亲爱的,你可能会这么觉得。但是你想,她们在乡下这种地方没什么可谈论的,所以就靠议论过去的绯闻打发时间。但我想知道,你为什么会对此这么烦躁?"

克拉丽斯·文恩咬了咬嘴唇,脸上泛出红晕。她用一种奇特的含混不清的语调说:"他们——他们看起来很幸福。我指的是莱克斯顿夫妇。他们年轻,彼此相爱,这是那么美好。我不愿想象这种美好会被谣传、含沙射影和众人的恶意所破坏。"

"嗯，我明白了。"

克拉丽斯接着说："他刚刚还跟我说过话。他是那么开心、热切、兴奋，可说是激动万分，因为他达成了心愿，并重建了金斯迪。谈到这一切，他简直像个孩子一样。而她——好吧，我猜她这一生顺风顺水。她总是拥有一切。您已经见过她了，觉得她怎么样？"

医生并没有立刻回答她。对于其他人来说，露易丝·莱克斯顿可能是让人嫉妒的对象，一个被宠坏的幸运儿。而对于医生来说，她只是让他想起一首多年前听到的流行歌曲的副歌歌词：可怜又富有的小女孩——

身材娇小的女孩，亚麻色的鬈发呆板地包围着她的脸庞，蓝色的眼睛充满渴望。

露易丝有些疲惫。人们一个接着一个的祝福让她感到很累。她希望能赶快离开。说不定哈利现在也想回家呢。她用余光看了一眼旁边的哈利。他那么高大，肩膀如此宽阔，即使在这个糟糕、无聊的派对里依然那么快乐。

可怜又富有的小女孩——

第三章

"噢!"他放松地舒了一口气。

哈利转头看着他的妻子,神情愉悦。他们正开车驶离派对。

她说:"亲爱的,这真是个糟糕的派对!"

哈利笑了。"是啊,简直糟透了。没关系,甜心。你知道,这是必须走的程序。我小时候就住在这里,大家都认识我。要是不能近距离看看你,他们一定非常失望。"

露易丝做了个鬼脸,她说:"我们必须要见那么多人吗?"

"什么?哦,不是的。他们会带着名片盒来,做礼节性的拜访,然后你就回访一下,之后就再也不用烦心了。你可以结交自己的朋友,或者你喜欢怎样就怎样。"

隔了一两分钟,露易丝说道:"这里没住着什么有趣的人吗?"

"哦,有啊。这里可是县城,虽然你可能还是会觉得这些人有点儿无趣。大多数人都对鳞茎植物、狗和马感兴趣。当然,你可以骑马。你会喜欢的。艾灵顿有匹马,我想让你去看看。它是一匹骏马,经过完美的训练,没有任何缺陷,充满活力。"

车速慢下来,转弯驶入了金斯迪的大门。这时,一个样子奇怪的人突然出现在路中央,哈利猛转方向盘,骂了一句,有惊无险地避开了。那个人站在原地,挥舞着拳头,在后面朝他们大喊。

露易丝紧抓着哈利的胳膊。"那是谁呀——那个可怕的老女人？"

哈利脸色铁青。"那是老默加特洛伊德。她和她丈夫曾是老房子的看门人。他们在那儿已经快三十年了。"

"她为什么朝你挥拳头？"

哈利的脸红了。"她——她因房子被拆而怀恨在心。当然，她也被解雇了。她丈夫两年前去世。他们说从那之后她就变得有点儿古怪。"

"难道她——她没——饿死吗？"

露易丝的想法不清晰，还有些夸张。财富总让人远离现实。

哈利被激怒了。"天哪，露易丝，你怎么会这么想！我当然给她发了退休金——还是一笔数目可观的退休金！还给她找了一所新房子，置办了一切！"

露易丝显然被搞糊涂了，问道："那为什么她还这样？"

哈利眉头皱得拧成了一个结。"哦！我怎么会知道？疯子！她太爱那座房子了。"

"但是它已经成了废墟，不是吗？"

"当然，快成碎片了。房檐漏水——多多少少不大安全。虽然如此，但我猜房子仍然对她有某种意义。她在那里住了好久了。哦，我不知道！可能老家伙疯了吧，我想。"

露易丝不安地说："她……我觉得她在诅咒我们。哦，哈利，我真希望她不要这样。"

第四章

对于露易丝来说,她的新家遭到了一个恶毒的老疯女人的玷污和破坏。无论她开车出去,骑马,还是遛狗,老太婆总是在那里等着她。她蹲在地上,几缕铁灰色的头发上戴着一顶破帽子,嘴里不停地咕哝着一些诅咒的话。

露易丝渐渐相信哈利是对的——这个老妇人疯了。然而这么想并没有使事情变得简单起来。实际上,默加特洛伊德夫人从未接近过房子,也没有公开威胁,更没有使用暴力。她蜷伏的身影一直守在大门外,叫警察来也没用。而且,哈利·莱克斯顿无论如何都反对报警,他说,这将引起大家对这个老家伙的同情。相比露易丝,他没把这件事看得那么严重。

"亲爱的,别担心。她会厌倦这种愚蠢的诅咒的。或许她就是在试探我们呢。"

"她不是,哈利。她——她恨我们!我能感觉得到。她——她在诅咒我们。"

"她可不是巫婆,亲爱的,虽然她看起来像!完全不必因为这事儿而烦心。"

露易丝没有说话。最初安家的喜悦已经荡然无存,她感到异常寂寞,终日无所事事。她已经习惯了伦敦和里维埃拉的城市生活,而对于英国乡村的生活她既不了解,也不感兴趣。她除了

"插花"这个最后的步骤以外对园艺一窍不通。她也不是真的喜欢养狗。她见过的邻里都使她感到无聊。她最喜欢骑马,哈利不忙的时候,两个人会一起去骑;他忙于房产事务时,她便独自去骑。她穿过丛林和小巷,享受着骏马惬意的步伐。这匹马是哈利买给她的,名字叫哈尔王子,一匹非常敏感的红棕马,但即便是它在驮着女主人经过那个蜷缩着的恶毒老妇人身边时,也常常露出胆怯,呼哧呼哧地喷着气。

一天,露易丝鼓起勇气出去散步。她从默加特洛伊德夫人身边经过时,假装没看到她,但她忽然又转过身来,径直走到她面前,气喘吁吁地问道:"怎么回事儿?你怎么了?你到底想要什么?"

老妇人朝她眨眨眼。她有一张狡猾的吉卜赛人的脸,肤色偏深,一缕缕的头发呈铁灰色,眼神矇眬,目光充满怀疑。露易丝猜想她是不是喝醉了。

她带着呜咽却有威胁的腔调说:"你问我想要什么?的确,是什么呢!我要别人从我这儿夺走的一切。是谁把我从金斯迪宅子赶走的?我一直生活在这里,从小到大,住了将近四十年。把我赶出来,这实在是不可饶恕的行为,而厄运将会降临到你和他的头上!"

露易丝说:"你得到了一个很好的小屋,而且——"

露易丝突然闭了嘴,因为老妇人举起胳膊,喊起来:"那对我有什么用?我想要的是我自己的家,想要这些年来我坐在旁边取暖的壁炉里的火。至于你和他,我告诉你们,你们在这个新房里不会有任何幸福可言。阴郁的悲哀会落到你们身上!悲哀、死亡和我的诅咒。祝你美丽的容颜腐烂!"

露易丝赶忙转过身,跌跌撞撞地跑开了。她想,我必须离开这里！我们必须把房子卖掉！我们一定要走。

此刻，这样的解决办法对她来说是最简单快捷的。但是哈利全然不理解这种想法，这使她又退缩了。他大声叫嚷着："离开这儿？卖房子？就因为一个疯婆子的威胁？你肯定疯了。"

"不，我没有。但是她——她恐吓我，我知道一定会有事情发生的。"

哈利·莱克斯顿冷酷地说："把默加特洛伊德夫人交给我，我会解决她的！"

第五章

友情在克拉丽斯·文恩和年轻的莱克斯顿夫人之间悄然绽放。两个女孩年纪相仿，但性格和爱好不同。有了克拉丽斯的陪伴，露易丝找到了些许安慰。克拉丽斯非常独立、自信。露易丝跟她提起了默加特洛伊德夫人的事以及她的威胁，但是克拉丽斯似乎认为这件事没什么吓人的，倒是有些烦人。

"那种事太愚蠢了，"她说，"而且真的很让你烦心。"

"你知道，克拉丽斯，我——我有时感到很害怕。我的心会扑通扑通地猛跳。"

"胡说，你绝不能让这种愚蠢的事情把自己击垮。她很快就会厌倦这种招数。"

她沉默了一两分钟。克拉丽斯问道："怎么了？"

露易丝停顿了一分钟，之后突然回答说："我讨厌这个地方！我讨厌待在这里。树林，房子，晚上可怕的安静，猫头鹰发出的诡异叫声。哦，还有那些人和一切。"

"那些人？什么人？"

"村子里的人。那些爱窥探、爱嚼舌根的老姑娘们。"

克拉丽斯警觉地问道："她们都说什么了？"

"我不知道！没什么特别的。但她们的思想很肮脏。当你和她们谈话时，你会觉得你无法相信任何人——无论是谁。"

克拉丽斯严肃地说:"忘掉她们。她们除了捕风捉影没别的事可做。她们说的大部分谣言都是她们编的。"

露易丝说:"我希望我从未来到这里。但是哈利很喜欢这儿。"她的语气变得轻柔了许多。

克拉丽斯不禁想,她可真爱他。她突然说:"我现在必须得走了。"

"我开车送你吧。下次早点儿来。"

克拉丽斯点点头。新朋友的来访让露易丝感到很欣慰。哈利非常高兴看到她心情变得愉快起来,所以从那时起,便经常催促她请克拉丽斯到家里来做客。

有一天,他对露易丝说:"有个好消息要告诉你,亲爱的。"

"哦,什么消息?"

"我已经解决了默加特洛伊德的问题。你知道,她在美国有个儿子。我已经安排她去美国和儿子团聚。我来出路费。"

"哦,哈利,太好了。我觉得我会逐渐喜欢上金斯迪。"

"逐渐喜欢?为什么,这可是世界上最棒的地方!"

露易丝微微瑟缩了一下。对她来说,摆脱那迷信的恐惧感可不是一件容易的事。

第六章

如果圣玛丽米德的女士们希望从传播露易丝丈夫的过去中得到快乐,那么这份快乐很快便被哈利·莱克斯顿自己敏捷的行动打破了。

哈蒙小姐和克拉丽斯·文恩都在埃奇先生的店里,一个在买樟脑球,另一个在买一包硼酸,这时哈利·莱克斯顿和他妻子走了进来。

跟两位女士打完招呼后,哈利转向柜台,正要买牙刷,这时他停了下来,热情地喊道:"哟,哟!看看这是谁!我敢说是贝拉吧。"

埃奇太太从后面的客厅急忙赶过来,招呼忙碌的生意。她满脸笑容地望着他,露出洁白的牙齿。她曾是一位肤色较深、端庄健美的女孩,现在仍然相当俊秀。虽然她有些发福,面部线条不再那么精致,但她棕色的大眼睛在答话的时候充满温暖。"正是贝拉,哈利先生,很高兴在这么多年后再见到你。"

哈利转向妻子。"露易丝,贝拉是我的一位老情人,"他说,"当时跟她完全沉溺于爱河之中,对吧,贝拉?"

"这只是你的一面之词。"埃奇太太说。

露易丝笑了,她说:"我丈夫非常乐意再次见到他所有的老朋友。"

"啊,"埃奇太太说,"我们没有忘记你,哈利先生。一想起来就像童话一样,你结婚了,还重新修建了金斯迪的房子。"

"你看起来容光焕发。"哈利说道。埃奇太太笑了,说她一切都很顺利,并问他那款牙刷喜不喜欢。

克拉丽斯望着哈蒙小姐一脸困惑的表情,高兴地自言自语道:哦,干得漂亮,哈利。你挫败了她们的计划。

第七章

海多克医生突然对他的侄女说:"有人胡说八道,说默加特洛伊德太太在金斯迪附近徘徊,挥舞拳头,诅咒新主人,这究竟是怎么回事儿?"

"不是胡说八道,是千真万确。这让露易丝苦恼极了。"

"告诉她不用担心。默加特洛伊德夫妇做看门人的时候,他们从来没有停止过抱怨这个地方,他们留下的唯一理由就是默加特洛伊德是个酒鬼,找不到其他的工作。"

"我会告诉她的,"克拉丽斯半信半疑地说,"但我认为她不一定会相信您说的。那个老妇人相当愤怒地大喊大叫。"

"哈利还是个孩子的时候,她很喜欢他。我不明白为什么会变成现在这个样子。"

克拉丽斯说:"哦,好吧,他们很快就能摆脱她了。哈利出钱让她去美国。"

三天后,露易丝从马上跌落下来,摔死了。

面包车里的两个男人目睹了这场意外。他们看见露易丝骑马出了大门,老妇人突然出现,站在路中央,挥舞着手臂叫喊,那匹马受了惊,突然转身,然后沿着马路疯狂地猛冲,露易丝·莱克斯顿被它从头顶上甩了出去。

其中一个人站在昏迷的露易丝旁,手足无措,另一个赶忙跑向宅子求助。

哈利·莱克斯顿跑了过来,面色惨白。他们卸下了货车的一扇门,把她抬回到宅子里。她再也没有恢复神志,在医生赶来之前就死了。

(海多克医生的手稿完)

第八章

第二天，海多克医生来的时候注意到马普尔小姐的脸颊上有了一丝红润，精神也明显好了很多，他为此感到很高兴。

"好吧，"他说，"有答案了吗？"

"可问题是什么啊，海多克医生？"马普尔小姐反问了一句。

"哦，亲爱的女士，还用我告诉你吗？"

"我猜，"马普尔小姐说，"问题在于看门人的奇怪举动。她的行为为何如此古怪？从老房子里被人赶出来，确实会使人介意。但那并不是她家。事实上，当她住在那儿的时候，她就经常抱怨，发牢骚。的确，这看起来很可疑。顺便问一下，她后来怎么样了？"

"匆忙逃到利物浦去了。这次事故把她吓坏了。想必她是在那儿等船去美国。"

"一切对于某人来说都很方便，"马普尔小姐说道，"是的，我认为这个'看门人行为的问题'可以很容易得到解释。贿赂，对吧？"

"这就是你的答案？"

"嗯，如果她那么做不是出于本意的话，她一定是像人们说的，在'表演'，这就意味着有人花钱雇她去做那些事情。"

"那你知道那个人是谁吗？"

"哦，我想我知道。恐怕还是图财。我一直注意到，男士们总是倾慕同一种类型的女人。"

"这下我可不懂了。"

"不，不，一切事情都是相互关联的。哈利·莱克斯顿喜欢贝拉·埃奇，一位性情活泼、肤色深的姑娘。你的侄女克拉丽斯也是这种类型。但这个可怜的小妻子却大相径庭——金发，依赖男人——完全不是他喜欢的类型。因此他一定是看中她的钱财才会娶她，也是因为钱才会谋杀她！"

"你用'谋杀'这个词？"

"嗯，他看起来正是这种人，有吸引女性的魅力，又相当无耻。我猜他想占有他妻子的钱财，然后和你侄女结婚。可能有人看见他和埃奇夫人说过话，但我想他对她已不再有感情了。可是我敢说，为了达到自己的目的，他让可怜的埃奇夫人觉得他还爱着他。我想，他很快就把她玩弄于股掌之中了。"

"那依你之见，他到底是怎样谋杀她的呢？"

马普尔小姐的蓝眼睛出神地盯着前方，凝视了一会儿。

"时间安排得天衣无缝——包括让面包车里的人成为目击证人。他们能看见老妇人，当然，他们还会把马匹受惊归因到她的头上。但我更愿意相信，那是空气枪，或是弹弓造成的。是的，正当马走过大门时马脱缰了，自然，莱克斯顿夫人就被甩了出去。"

她停顿了一会儿，皱起了眉头。

"摔那一下可能会要了她的命，但他不能确保这一点。而且他看起来是那种喜欢把事情计划得天衣无缝的人，不允许任何偶然情况出现。别忘了，埃奇夫人可以背着她丈夫给他弄到一些能派上用场的东西。否则，哈利怎么会为她费心？是的，我认为他手头有烈性毒药，可能在你到达之前就给她用上了。毕竟，如果一个女人从马上摔下来，受了重伤，死的时候也没有恢复神智，那么——一个医生通常不会起疑心，不是吗？他会将死因归结于休克或其他什么原因。"

海多克医生点点头。

"你为什么会怀疑此事呢？"马普尔小姐问道。

"并不是因为我特别聪明，"海多克医生说，"完全是那个老生常谈、众所周知的事实，那就是一个杀人犯会因自己的聪明沾沾自喜，而忘记采取适当措施预防露馅。我当时正在对这位丧妻的丈夫说一些安慰的话，也为他感到非常伤心。这时，他瘫倒在长椅上，装模作样，结果一支皮下注射器从他口袋里掉了出来。

"他一把捡起来，看上去十分紧张害怕。这使我开始思考，哈利·莱克斯顿不吸毒，身体也很健康，他拿皮下注射器做什么？于是我做了尸检，结果发现了强心剂。剩下的就简单多了。莱克斯顿持有强心剂，贝拉·埃奇也在警察审问下很快承认这是自己帮他搞到的。最后，默加特洛伊德夫人也承认，是哈利·莱克斯顿指使她表演诅咒的一幕。"

"你侄女从这件事中走出来了吗？"

"是的，她很喜欢他，但是这份感情还没发展得太深。"

医生拿起他的手稿。

"马普尔小姐，给你满分——也给我的药方满分。你现在看起来已经完全康复了。"

完美女仆案

第一章

"哦,夫人,如果您愿意的话,我能跟您说会儿话吗?"

人们可能觉得这种请求本身就很荒谬,因为当时,马普尔小姐的小女仆埃德娜,事实上正在跟她的女主人说话。

不过,认识到这是埃德娜的说话习惯后,马普尔小姐立即说:"当然了,埃德娜,进来吧,把门关上。什么事啊?"

埃德娜依言把门关上,走进了屋里,手指摆弄着围裙角,然后咽了几下唾液。

"埃德娜,什么事啊?"马普尔小姐鼓励道。

"哦,是这样,夫人,是我的表姐,格拉迪。"

"我的天哪,"马普尔小姐说,她立刻想到了最坏的可能——哎呀,人们通常都会得出那样的推论,"没,没有什么麻烦吧?"

埃德娜赶紧让她放心。"哦,没有,夫人。没那回事。格拉迪不是那种女孩。她只是心情不好。您瞧,她丢了工作。"

"我的天哪,真是遗憾。她不是在古堡为斯金纳小姐——小姐们工作吗?"

"是的,夫人,的确如此。格拉迪对此很心烦——确实非常心烦。"

"不过,格拉迪斯①以前经常换工作,不是吗?"

"哦,是的,夫人。她总想改变,似乎从未真正稳定下来过,如果您懂我说的意思。不过总是她炒别人的鱿鱼!"

"那么这一次反过来了?"马普尔小姐毫无表情地问。

"是的,夫人,而且有件事让格拉迪十分心烦。"

马普尔小姐看上去有点儿惊讶。她记忆中的格拉迪斯,那个有时会在她"外出时"到厨房里喝茶的女孩,体格粗壮,喜欢傻笑,性情一向温和。

埃德娜继续说:"您瞧,夫人,关键是事情发生的方式——以及斯金纳小姐对这件事的看法。"

"斯金纳小姐,"马普尔小姐耐心地询问,"是怎么看的?"

这一次,埃德娜把整个事情仔细地讲了一遍。

"哦,夫人,格拉迪从来没有遭受过那么大的打击。您瞧,艾米丽小姐的一个胸针找不到了,她前所未有地大喊大叫,当然谁也不想发生那样的事情;太令人心烦了,夫人,如果您懂我的意思。格拉迪帮着到处找,拉维妮娅小姐说她打算报警,结果胸针又出现了,正正好好被推到了梳妆台抽屉的后面,格拉迪真是谢天谢地。

就在第二天,一个盘子被打碎后,拉维妮娅小姐立刻提出要解雇格拉迪,让她一个月内必须离开。格拉迪觉得问题不可能出在盘子上,这只是拉维妮娅小姐找的借口罢了,一定是因为胸针的事,她们认为是她偷拿了胸针,当要报警的时候,又把它放了回去。但格拉迪不会做那样的事,她从来都不会,她担心的是,一旦事情传开了,会对她很不利。您知道,夫人,这对于一个女

---

①文中,女仆埃德娜称呼格拉迪斯用的是昵称格拉迪,马普尔小姐则直呼其名。

孩来说，问题很严重。"

马普尔小姐点点头。虽然马普尔小姐不是特别喜欢那个精力充沛、固执己见的格拉迪斯，但是她相信，那个女孩本性是诚实的，她完全能想象到那件事一定让女孩非常心烦。

埃德娜忧愁地说："我想，夫人，您会有什么办法吗？格拉迪从来没有如此烦恼过。"

"告诉她，别做傻事，"马普尔小姐干脆利落地说，"如果她没偷拿胸针——我确信她没拿——那么她就无须心烦。"

"那件事会传开的。"埃德娜沮丧地说。

马普尔小姐说："我……呃……打算今天下午就过去。我会和斯金纳小姐们谈一谈。"

"哦，夫人，谢谢您。"埃德娜说。

第二章

　　古堡是维多利亚时期建的大房子，四周有树林和草地。由于这座房子实际上既租不出去，也卖不出去，一个有魄力的投机商就把它分成了四套公寓，配备了中央热水系统，还为租客们提供了共用的"庭院"。这一尝试挺成功的。一位古怪的老富婆和她的女仆住进了第一套公寓。这个老妇人酷爱小鸟，每天都会热情地款待一群小鸟。一位退休的印度法官和他的妻子租了第二套公寓。一对年轻的新婚夫妇住进了第三套，就在两个月前，第四套被两个姓斯金纳的未婚女士租下了。由于这四户租户没有什么共同之处，他们彼此间只是保持着最疏远的关系。听房东曾说过，这种状态让他十分满意。因为他担心的就是租户们逐渐熟悉成为朋友后，会一起向他抱怨。

　　虽然马普尔小姐对那些租户了解得并不多，但她却认识他们所有人。年纪较大的斯金纳小姐，也就是拉维妮娅小姐，可能是人们所说的家里的主心骨；较年轻的艾米丽小姐几乎整天卧病在床，饱受各种疾病的折磨，但在圣玛丽米德的人看来，大多数病都是臆想的。只有拉维妮娅小姐深信她妹妹正遭受着巨大的痛苦，并且一直在尽力忍受。她愿意为妹妹跑腿儿，不时往返村里去办"我妹妹突然想到的"事情。

　　圣玛丽米德的人则认为，如果艾米丽小姐所遭受的痛苦能有她说的一半多的话，她在很久以前就会派人去请海多克医生了。但是当有人暗示她这一点时，艾米丽小姐傲慢地闭上眼睛，低声说她的病情并不简单——连伦敦最好的专科医生都被它难住了——一位了不起的新派医生让她接受了一种非常具有革命性的治疗，她真希望身体能就此好起来。普通的全科医师不可能清楚她的病情。

"我认为，"心直口快的哈特内尔小姐说，"她没有派人去请海多克医生，实在太明智了。要不然亲爱的海多克医生会用他那种轻松愉快的方式，告诉她，她什么病也没有，站起来，不要小题大做！这才对她大有好处！"

不过，在这些五花八门的治疗都失败后，艾米丽小姐继续躺在沙发上，身边放着各种各样奇怪的小药盒。她几乎拒绝吃所有给她做好的东西，然后要求吃别的——通常是些难弄的或不方便弄到的东西。

第三章

"格拉迪"给马普尔小姐开了门,她的情绪看起来比马普尔小姐想象得还要低落。在起居室里(以前客厅的四分之一,那个客厅被分成餐厅、客厅、卫生间和女仆的橱柜四个部分),拉维妮娅小姐站起来迎接马普尔小姐。

拉维妮娅·斯金纳是位五十岁的高个子女人,眼睛凹陷,瘦骨嶙峋。她声音粗犷,举止粗鲁。

"很高兴见到您,"她说,"艾米丽躺下了——她今天情绪低落,可怜的人啊。我希望她愿意见您,这会让她精神振奋些,但是她有时不想见任何人。可怜的人,她真是有着惊人的忍耐力。"

马普尔小姐对此礼貌地加以回应。在圣玛丽米德,仆人是人们交谈的主要话题,所以把谈话的内容引向那个方向并不难。马普尔小姐说,她听说那个挺好的女孩,就是格拉迪斯·霍姆斯,打算离开了。

拉维妮娅小姐点头,"这周三,她打坏了东西。这可不行。"

马普尔小姐叹了口气说,如今我们都得忍耐很多。让女孩们到乡下来,绝非易事。斯金纳小姐真的认为,让格拉迪斯走是明智的吗?

"我知道挺难雇到仆人,"拉维妮娅小姐承认说,"德弗罗家没雇到任何人——但是我并不惊讶。他家总是吵吵闹闹,整晚放着爵士乐，想什么时候吃饭就什么时候吃，那个女孩对家务一窍不通。我真同情她丈夫！接着，拉金家的女仆走了。当然，那是因为法官有着印度人的脾气，他早上六点钟就要吃他所谓的早餐前茶点，还有拉金夫人总是大惊小怪，对此我也不感到惊讶。卡迈克尔夫人家的珍妮特当然是个稳定的仆人——虽然在我看来，她是最难相处的女人，绝对会欺负那个老妇人。"

"那么，您不觉得该重新考虑一下关于格拉迪斯的决定吗？她真是个好女孩。我认识她全家人；非常诚实、优秀。"

拉维妮娅小姐摇摇头。

"我是有理由的。"她神气活现地说。

马普尔小姐小声咕哝着："据我所知，您丢了一个胸针——"

"嗳，谁说的？是那个女孩说的吧。十分坦率地讲，我几乎确定就是她偷拿的。然后她害怕了，把胸针放了回去——但是，当然了，除非十分确信，要不然我也不能说什么。"她马上换了个话题，"马普尔小姐，过来看看艾米丽吧。这对她会有好处的。"

马普尔小姐温顺地跟了过去，拉维妮娅小姐敲了敲门，走进房内，她把客人请到了公寓最好的一间屋子里，屋中的大部分光线都被半掩的百叶窗遮住了。艾米丽小姐正躺在床上，显然，她很享受这种半黑的感觉和自己似有似无的痛苦。

暗淡的光线使她看上去身材纤瘦，一副优柔寡断的样子，一头凌乱的灰黄色头发缠绕在她的脑袋周围，爆出一个个卷儿，看上去就像一个鸟巢，但凡是有自尊的鸟儿都不会以此为荣。屋子里，科隆香水味、变质的饼干味和樟脑味混杂在一起。

艾米丽·斯金纳半睁着眼，用微弱、无力的声音说，今天是"她糟糕的一天"。

"身体不好时，最糟糕的事就是，"艾米丽小姐用忧郁的语调说,"自己知道会给周围的每个人带来多少负担。"

"拉维妮娅对我非常好。亲爱的拉维,我确实很讨厌给别人添麻烦,但是能不能把我的热水壶按照我喜欢的方式装满——太满的话我会觉得太重——但如果不够满的话,水就立刻变凉了!"

"对不起,亲爱的。把水壶给我,我把水倒出去一点儿。"

"如果你那么做的话,可能还得重新添点儿水。我猜,家里没有脆饼干了——不,不,这不要紧。我不吃也行。淡茶和一片柠檬——没有柠檬了?不,真的,喝茶不加柠檬,我可做不到。我觉得今天早上的牛奶有点儿变质,就不往茶里放牛奶了。没关系,我不喝茶也行。我只是感觉身体很虚弱。牡蛎,他们说,挺有营养的。我想我是否能喜欢吃点儿呢?不,不,已经太晚了,这个时候让人准备这些实在太麻烦了。我可以等到明天再吃。"

拉维妮娅边离开房间,边语无伦次地喃喃说,她要骑车去村子里。

艾米丽小姐无力地向她的客人微笑了一下,说她确实讨厌给别人添麻烦。

那天晚上,马普尔小姐告诉埃德娜,恐怕她的特别任务完成得并不成功。

她十分烦恼,因为关于格拉迪斯不诚实的谣言已经在村子里传开了。

在邮局里,韦瑟比小姐向马普尔小姐提起了这件事。"亲爱的简,她们给了她一份书面推荐信,信中说她积极肯干、稳重、品行端正,但是并没有提到诚实。对我来说,诚实是最重要的!我听说因为一个胸针引起了一些麻烦。我想这里面肯定有事,你知道,因为要不是事情很严重,时下,雇主是不会让仆人走的。

因为她们会发现，很难再找到别的仆人。女孩们就是不愿意去古堡。她们在休息日回家的路上会感到害怕。等着瞧吧，斯金纳姐妹是找不到别人的，也许，那个令人讨厌的、患了忧郁症的妹妹会不得不起床干活了！"

令全村人感到很懊恼的是，人们听说斯金纳姐妹从代理机构又雇到了一名新女仆，据说，她极其完美。

"一份写着有三年工作经验的推荐信说她非常热心，喜欢乡村，实际上她比格拉迪斯要的工资还少。我真觉得我们太幸运了。"

"嗯，确实是，"马普尔小姐说，拉维妮娅小姐在鱼店告诉了马普尔小姐详情，"似乎好得令人难以相信。"

于是，圣玛丽米德的人们认为，那个完美的人在最后一刻会打退堂鼓，不来了。

不过，这些预测都没成真，而且全村人都看到，那个叫玛丽·希金斯的不可多得的仆人坐着里德的出租车，穿过村子，抵达了古堡。不得不承认，她相貌姣好，穿戴也很整齐。

为了给牧师发起的义卖会招募几名摊贩，马普尔小姐再次拜访了古堡，开门的是玛丽·希金斯。她确实是个相貌非常出众的女仆，估计能有四十岁，一头整洁的黑发，脸颊红润，身材丰满，穿着一身黑衣服，系着白色围裙，戴着一个白帽子，显得很朴素——"确实是一位很优秀的旧式仆人"，马普尔小姐后来说。而且说话声音得体，恭敬得让人几乎有些听不见，与格拉迪斯的大嗓门，以及带鼻音的口音完全不一样。

拉维妮娅小姐看上去不像以往那么疲惫，但她要一心一意照顾妹妹，不能出来摆摊，为此感到非常遗憾。尽管如此，她还是捐了一大笔钱，并承诺寄售擦笔布和婴儿袜。

马普尔小姐说她气色不错。

"我真觉得多亏了玛丽,谢天谢地我当时能有决心摆脱那个女孩。玛丽真是太难得了。做饭好吃,服务周到,把我们的小公寓打扫得一尘不染——每天还翻整床垫。她对艾米丽真的特别好。"

马普尔小姐急忙打听艾米丽的情况。

"哦,可怜的孩子,她最近身体非常不舒服。当然她也没办法,但有时确实会带来点儿麻烦。她自己点名要吃的,然后等饭菜送来了,又说现在吃不下去——然后过了半个小时,又说想吃了,那时饭菜都变味了,还得重做。当然了,这费了很多工夫——但幸运的是,玛丽看上去一点儿也不介意。她说,她曾经伺候过病人,她能理解他们。真让人欣慰啊。"

"天哪,"马普尔小姐说,"您太幸运了。"

"是的,确实如此。我真的感觉玛丽就是上帝听到我们的祷告后送给我们的。"

"对我来说,她听起来,"马普尔小姐说,"几乎好得令人难以相信。我应该——嗯,如果我是您的话,我会多留点儿心。"

拉维妮娅·斯金纳没能理解这句话的意图。她说:"哦!我向您保证,我会尽力让她感到舒服的。如果她离开了,我都不知道该怎么办。"

"我想,她在准备好离开之前,是不会走的。"马普尔小姐紧紧地盯着女主人说道。

拉维妮娅小姐说:"如果一个人家里没有担心的事,那就等于去掉一大块儿心病,是不是?你的小埃德娜做得怎么样啊?"

"她做得非常好。当然不太聪明,不像你的玛丽。尽管如此,我确实对埃德娜了如指掌,因为她就是村里的女孩。"

走进前厅的时候,她听到病人焦虑地提高了声音。"这块敷布已经变得很干了——阿勒顿医生特别提到,要不断更换,保持湿度。那里,那里,放下吧。给我倒杯茶,再来个煮鸡蛋——记住,只煮三分半钟,然后把拉维妮娅小姐给我叫过来。"

手脚麻利的玛丽从卧室出来,一边对拉维妮娅说"夫人,艾米丽小姐找您",一边开始给马普尔小姐开门,帮她穿上大衣,把她的雨伞递给她,方式无可挑剔。

马普尔小姐接过雨伞,雨伞掉了,她试着捡起它,手提包又掉了,包一下子打开来。玛丽很有礼貌,捡起各种零零散散的东西——一块手帕、一本记事簿、一个旧式皮钱包、两先令、三个便士和一块条纹薄荷糖。

马普尔小姐接过最后一件东西时,心里有些糊涂。

"哦,天哪,那一定是克莱蒙特夫人的小儿子。我记得他当时舔着那块薄荷糖,还拿我的手提包玩儿。一定是他把糖放进了包里。这实在太黏了。"

"夫人,我给您拿走啊?"

"哦,行吗?非常感谢。"

玛丽弯下腰去捡最后一件物品,一个小镜子,当拿到手里的时候,马普尔小姐激动地大声说:"太幸运了,看,居然没坏。"

于是,她离开了,玛丽礼貌地站在门边,手里拿着一块糖,脸上毫无表情。

第四章

长达十天里，圣玛丽米德的人们总是听人夸赞拉维妮娅小姐和艾米丽小姐那个不可多得的仆人的各种优点，不想听都不行。

到了第十一天，全村的人意识到一件特别令人震惊的事。

玛丽，那个完人，失踪了！她的床没被动过，前门半开着。在夜里，她悄悄地溜走了。

失踪的不只有玛丽！还有拉维妮娅小姐的两个胸针和五个戒指；艾米丽小姐的三个戒指、一个挂件、一个手镯和四个胸针也一起失踪了！

但这只是一连串灾难的开始。

年轻的德弗罗夫人丢了几颗钻石，她把它们放在了未上锁的抽屉里，还丢了几件贵重的毛皮衣服，那是她结婚时收到的礼物。法官和他妻子也丢了珠宝和一些钱财。卡迈克尔夫人的损失最大，不仅是几件非常贵重的珠宝，就连她放在公寓里的一大笔钱也都不见了。那天晚上珍妮特出门后，她的女主人习惯性地在黄昏的时候到花园周围散步，撒些面包屑，召唤小鸟。事实似乎很清楚，玛丽，那个完美女仆，有能打开所有公寓房门的钥匙。

必须承认的是，圣玛丽米德有很多人居心不良，拿这件事开玩笑。毕竟，拉维妮娅小姐曾经那么大肆地吹嘘她那个非凡的玛丽。

"我的天哪,一直以来,就是一个惯偷!"

随后又有几个有趣的发现。不只是玛丽消失得无影无踪,就连介绍她工作,为她的证件提供担保的代理机构也惊讶地发现,那个向他们递交申请,给他们押介绍信的玛丽·希金斯,实际上根本不存在。这个名字确实是一个仆人的真实名字,但是,那个真正的玛丽·希金斯和姐姐住在一起,正安宁地生活在康沃尔的某个地方。

"真是聪明到了极点,整个事情都是,"斯莱克警督不得不承认,"而且,依我说,那个女人有同伙。这起案件和一年前在诺森伯兰郡①发生的那起,几乎一模一样。警方什么东西也没追回来,也没抓到她。不过,我们马奇贝纳姆的警察会比他们做得更好。"

斯莱克警督一直都是个自信的人。

然而,几周过去了,玛丽·希金斯继续逍遥法外。斯莱克警督投入了很多精力,却徒劳无功,这实在辜负了他的名声。

拉维妮娅小姐终日以泪洗面。艾米丽小姐情绪很低落,非常担心自己的病情,竟然派人去请海多克医生。

全村的人都特别渴望知道,海多克医生对于艾米丽小姐所述病情有什么看法,但又不能直接去问他。然而,通过米克先生,那个正和普赖斯·里德雷夫人的女仆克拉拉谈恋爱的药剂师助理,人们得到了令人满意的消息。很快,大家都知道海多克医生开的是阿魏和缬草的混合药方,据米克先生说,那是给军队里装病的人开的常备药!

人们很快又得知,艾米丽小姐不喜欢目前的医疗护理,一直

---

① 英国英格兰最北部一郡。首府是纽卡斯尔。

宣称，根据她的身体状况，她觉得自己应该去伦敦住，离了解她病情的专科医生近一些。她说，这样会对拉维妮娅公平点儿。

那间公寓被拿出来转租了。

第五章

几天过后，马普尔小姐面红耳赤、神色慌张地来到位于马奇贝纳姆的警察局，找斯莱克警督。

斯莱克警督不喜欢马普尔小姐。但是他明白，郡警察局局长梅尔切特上校并不那样想。因此，他非常不情愿地接待了她。

"马普尔小姐，下午好，我能为您做些什么呢？"

"哦，哎呀，"马普尔小姐说，"我恐怕您得快点儿了。"

"我手头有很多工作，"斯莱克警督说，"但是我能抽出一些时间。"

"哎呀，"马普尔小姐说，"我希望我能把事情说明白。把自己的想法说明白，真是太难了，您说呢？是的，也许您不这么认为。但是您瞧，我没接受过现代教育，只是靠家庭女教师，教些英格兰国王的生卒年份和常识，布鲁尔医生，三种小麦病害——枯萎病、霉病，第三种是什么来着，是黑穗病吗？"

"您是想聊些淫词秽语吗？"[1]斯莱克警督红着脸问。

"哦，不是，不是。"马普尔小姐急忙否认，她并不想说淫词秽语，"这只是举个例子。就像针是怎么做的，诸如此类，东拉西扯，而不是教学生抓住要点，那却是我想学的。您知道，这事

---

[1] "淫词秽语"与"黑穗病"是同一个词"smut"的不同意思。

儿跟斯金纳小姐的女仆格拉迪斯有关。"

"是玛丽·希金斯。"斯莱克警督说。

"哦,是的,那是第二个女仆。但是我想说的是格拉迪斯·霍姆斯。她虽然非常粗俗无礼,还很自满,但却真的非常诚实,这点很重要,应该得到大家的认可。"

"据我所知,没有人指控她。"警督说。

"是的,我知道没人指控她,但这令事情更糟糕。因为,您看,人们总是喜欢把事情联想开去。哎呀,我知道我可能没说清楚。我其实想说,重要的是要找到玛丽·希金斯。"

"当然了,"斯莱克警督说,"对此您有什么想法吗?"

"嗯,事实上,我有,"马普尔小姐说,"我可以问您一个问题吗?指纹对您来说有没有用啊?"

"啊,"斯莱克警督说,"对我们来说,这就是她狡猾之处。她作案的时候,似乎都戴着橡胶手套或女仆用手套。而且她很谨慎——把卧室和水池里的东西都擦干净了。那里找不到一枚指纹!"

"如果您拿到指纹,对破案会有帮助吗?"

"可能会有,夫人。她的指纹可能在苏格兰场有备案。要我说,这可不是她第一次作案!"

马普尔小姐点点头,脸上露出愉快之色。她打开包,取出一个小纸盒。盒子里面,一个小镜子埋在棉絮里。

"从我的手提包里拿出来的,"马普尔小姐说,"镜子上面有女仆的指纹。我想那些指纹应该够用了——她之前碰了非常黏的东西。"

斯莱克警督目不转睛地看着。"您是故意获取她的指纹的吗?"

"当然了。"

"那时您就怀疑她?"

"嗯,我那时突然觉得,她有点儿好得过头了。我实际上告诉过拉维妮娅小姐这个想法。但是她就是没有理解我的意思!警督先生,我恐怕无法相信这世上会有完人。我们大多数人都是有缺点的,做家政服务时,很快能暴露那些缺点!"

"嗯,"斯莱克警督边说边恢复了镇定,"非常感谢您。我们会把这些指纹送到苏格兰场,看看是什么结果。"

他停下来。马普尔小姐轻轻歪了下头,意味深长地打量着他。

"警督先生,您不考虑在附近找找吗?"

"什么意思,马普尔小姐?"

"很难用一两句话说清,但是,当你偶然发现一件奇怪的事情时,你就会注意它。虽然,通常情况下,奇怪的事情可能只不过是鸡毛蒜皮的小事儿。我从头至尾都有这种感觉,我是想说格拉迪斯和那个胸针。她是个诚实的女孩;她没有偷拿那个胸针。那么,为什么斯金纳小姐认为她拿了呢?斯金纳小姐不是个傻子;完全不是!为什么她在难雇到仆人的时候,急于让个好女仆离开呢?这很奇怪。所以我很好奇。我一向怀疑很多事情。我还注意到另外一件奇怪的事!艾米丽小姐患了忧郁症,但她是第一个患了忧郁症却不立刻派人请医生的人。忧郁症患者都喜欢医生,但是艾米丽小姐不喜欢!"

"您到底什么意思,马普尔小姐?"

"噢,我的意思是,拉维妮娅小姐和艾米丽小姐都是奇怪的人。艾米丽小姐几乎整日待在阴暗的房间里。如果她的头发不是假发的话,我——我就把我自己脑后的假发吃了!而我要说的就是这个：一个身材消瘦、面色苍白、头发灰白、终日抱怨的女人和另一个一头黑发、脸颊红润、身材丰满的女人，两人很可能就是同一个人。而且，我找不到任何人，同时看到过艾米丽小姐和玛丽·希金斯。

她们有大量的时间去配制所有的钥匙，有大量的时间去查明其他租户的所有情况，然后——撵走了那个当地女孩。接着艾米丽小姐在一个晚上快速穿过村子，第二天扮作玛丽·希金斯抵达车站。然后，就在合适的时机，玛丽·希金斯消失了，她包揽了人们的所有的责难。警督先生，我告诉您在哪里能找到她，就在艾米丽·斯金纳小姐的沙发上！如果您不信我的话，就去取她的指纹，但您会发现我是对的！一对聪明的盗贼，那就是斯金纳姐妹的真实面目——而且，毫无疑问，她们俩是聪明的撒谎大王，或者怎么叫都可以。但是她们这次不会得逞！我不会允许我们村里任何一个女孩的诚实品质受到这样的诋毁！格拉迪斯·霍姆斯的诚实上天可鉴，所有人都会知道的！再会！"

没等斯莱克警督缓过神来，马普尔小姐已经怒气冲冲地走了出去。

"哟？"他咕哝着，"我想知道她是不是对的？"

他很快发现，马普尔小姐又一次说对了。

梅尔切特上校为斯莱克的高效办案表示祝贺，马普尔小姐让格拉迪斯过来和埃德娜一起喝茶，然后认真地对她说，当她找到一份不错的工作时，就稳定下来吧。

马普尔小姐讲故事

我亲爱的雷蒙德和琼,我想我从未告诉过你们,多年前发生了一件奇怪的小案子。我不想让人觉得我很自负。当然,我知道,跟你们年轻人比起来,我一点儿也不聪明——雷蒙德所写的作品内容现代,都是关于不和的年轻男女的故事,而琼总会画一些非凡的油画,描绘的是健壮的人,身上一些部位凸起来,看起来很奇特——亲爱的,你们都很聪明,但正如雷蒙德所说(用非常亲切的口气说的,因为他是最善良的外甥),我是维多利亚时代的人,因循守旧,无可救药。我敬仰阿尔玛·塔德玛先生和弗雷德里克·莱顿先生,我猜对你们来说,他们似乎是无可救药的老古董。不过让我想想,我刚才说到哪儿了?哦,对,我不想显得自负,但我控制不住有些沾沾自喜,因为凭借一点儿常识,我的确解决了一个问题,这个问题还难住了比我聪明的人。但是我本应该想到,整件事情一开始就很明显……

好了,我将讲述我的小故事,如果你们认为我对此有些骄傲自满,那么你们必须记住,我至少帮助了一个极度痛苦的伙伴。

据我所知,这件事开始于某天晚上九点钟,那时格温——(你们还记得格温吧?我那个红发女仆)嗯——格温走了进来,告诉我帕特里克先生和一个绅士来拜访我。格温把他们带到了客厅——做得非常正确。我当时正坐在餐厅里,因为我觉得早春时烧两个壁炉是种浪费。

我指示格温带上樱桃白兰地和几个杯子，急忙赶到客厅。我不知道你们还记不记得帕特里克先生？他在两年前去世了，但他是我多年的老友，也处理我所有的法律事务。他十分精明，是个真正聪明的律师。他儿子现在替我经营事务，是个好小伙子，也很时髦，但不知怎么的，我就是感受不到我和帕特里克先生之间的那种信任。

我跟帕特里克先生解释了壁炉炉火的事，他马上说他和他的朋友愿意去餐厅。然后他介绍了他的朋友罗兹先生。他正直壮年，四十来岁。我立即看出他有什么地方不对劲儿。他的举止极其怪异。如果人们没有意识到这个可怜的家伙正承受巨大的压力，还可能认为他粗鲁无礼。

我们在餐厅坐定，格温已经拿来樱桃白兰地，帕特里克先生说明了他的来意。

"马普尔小姐，"他说，"您一定要原谅一个老朋友的冒昧。我这次是来向您请教的。"

我一点儿都不明白他的意思，于是他继续说：

"人们生病时喜欢听两种意见——一种是专科医生的，一种是家庭医生的。通常前者的观点更受重视，但我不敢苟同。专科医生只在他自己的专业领域有经验；而家庭医生掌握的知识或许少些，但是经验更为丰富。"

我完全明白他的意思，因为不久前，我的一个年轻侄女急匆匆地把孩子送到一位知名的皮肤病医生那里，她没有咨询自己的家庭医生，因为她认为家庭医生已经年老体衰。那位专科医生进行了一些昂贵的治疗，之后却发现孩子只不过得了一种不太常见的麻疹而已。

我刚才提到这些——虽然我怕跑题——是想说明我对帕特里

克先生观点的赞同,但我仍不知道他想说什么。

"如果罗兹先生病了——"我说了一半,便停了下来,因为这个可怜的家伙发出了极其恐怖的笑声。

他说:"我想我几个月之后脖子就会被折断,一命呜呼。"

随后,我知道了所发生的一切。最近在巴恩切斯特,一个距我们二十英里远的小镇,发生了一起谋杀案。恐怕我当时并没太注意这个案子,因为我们在村里跟我们街区的护士打得火热,对印度地震和巴恩切斯特的谋杀这类外面发生的事毫不知情,尽管这些事确实更加重要,但还是让位于我们在当地过的自己的快乐小日子。我恐怕乡村都是这样。无论如何,我确实在报纸上看到过一个女人在旅馆里被捅死的新闻,但我没记住她的名字。现在看来,这个女人好像是罗兹先生的妻子。这还不是最糟糕的,实际上他被人们怀疑谋杀了自己的妻子。

帕特里克先生清楚详尽地为我解释了这一切,虽然科罗纳的陪审团已经作出裁决,认为这是一起谋杀案,凶手可能是某个或某几个陌生人。但罗兹先生仍然相信,他可能在一两天之内会被逮捕,所以他找到帕特里克先生寻求帮助。帕特里克先生继续往下说,那天下午他们咨询过皇家学院的马尔科姆·奥尔德爵士,一旦案件开始审理,马尔科姆爵士将为罗兹先生辩护。

马尔科姆爵士是个年轻人,帕特里克先生说,辩护方法很新式,他表示已经想好了要怎么辩护。但对于他的辩护方法,帕特里克先生并不完全满意。

"亲爱的女士,您看,"他说,"这个方法有点儿像我说的"专科医生的观点'。你给马尔科姆爵士一个案子,他只看到一个方面——最可行的那个辩护方法。但在我看来,即使是最佳的辩护方法,也可能完全忽略最关键的一点。因为它并不考虑实际上发生了什么。"然后他接着说了一些非常友好的奉承话，称赞我的机敏和判断力，以及我对人性的了解，请我允许他讲述这个案件，希望我能够给出一些建议。

我看得出来，罗兹先生高度怀疑我的能力，同时也很懊恼被带到这儿来。但是帕特里克先生没有理会，继续给我讲述三月八日晚上发生的事情。

案发前罗兹夫妇一直待在巴恩切斯特的皇冠酒店里。罗兹太太可能有点儿忧郁症（我是从帕特里克先生小心的措辞中得出这一结论的），她吃过晚餐后马上就得上床休息。她和丈夫住的是相邻的两间客房，中间有一扇门连接两边。罗兹先生在写一本关于史前燧石的书，他坐在隔壁房间里工作。晚上十一点，他收拾好文件，准备睡觉。在这之前，他往妻子的房间瞧了一眼，以防她还需要什么东西。结果他发现电灯亮着，而妻子躺在床上，被人用刀刺穿了心脏。她已经死了至少有一个小时——或许更长。接下来是案情的关键。罗兹太太的房间还有另外一扇门，是通向走廊的。这扇门被从里面反锁，并插上了门闩。房间里唯一的窗户是关着的，而且上了闩锁。罗兹先生称，没有人经过他所在的房间，只有一个女服务员进来送过热水瓶。插在伤口上的凶器是罗兹太太梳妆台上的一把匕首。她习惯把它当作裁纸刀。刀上没有指纹。

案情可归结为一点——除了罗兹先生和女服务员之外，没人进入过受害者的房间。

我询问了那个女服务员的情况。

"那是我们第一次问讯，"帕特里克先生说，"玛丽·希尔是个当地人。她在皇冠酒店当服务员已经有十年了。她似乎没有任何理由突然袭击一位客人。无论怎样，她看上去都挺迟钝的，甚至有点儿傻乎乎的。她的口供和罗兹先生所述也没有什么出入。她给罗兹太太拿来了热水瓶，看到罗兹太太快要睡着了。说实话，我不相信她会杀人，我也肯定，没有陪审团会认为她犯了罪。"

帕特里克先生又提到另外一些细节。在皇冠酒店楼梯的尽头，有个小型的休息室，人们有时会在那儿闲坐，喝杯咖啡。一条通道通向右侧，里面的最后一扇门就是罗兹先生的房门。通道在那儿又直接转向右侧，拐角处的第一道门就是进入罗兹太太房间的。碰巧的是，这两扇门都可以被人们看到。第一扇门——通向罗兹先生房间的门，我称作A，可以被四个人看到，两个商务旅者和一对上年纪的已婚夫妇，他俩当时正在喝咖啡。据他们说，除了罗兹先生和女服务员之外，没有人进出A门。而另外一扇B门，有一个电工正在那儿干活儿，他也发誓，除了女服务员外，没有人进出过B门。

这确实是个非常离奇、又十分有趣的案子。从表面上看，似乎一定是罗兹先生谋杀了他的妻子。但我能看出来，帕特里克先生十分确信，他的客户是无罪的，帕特里克先生可是个相当精明的人。

在询问中，罗兹先生支支吾吾地讲了一件事儿：曾有个女人给他妻子写过恐吓信。他讲的事情，我觉得极端不可信。在帕特里克先生的要求下，他自己做了解释。

"坦白讲，"他说，"我一点儿都不信。我认为大部分内容是艾米编造的。"

我猜想罗兹太太是一个浪漫的人，一生都在为所有发生过的事情添油加醋。根据她自己的描述，她在一年之中有过很多奇遇，数量多得简直不可思议。如果她踩到一点儿香蕉皮滑倒了，那就是件近乎死里逃生的大事。如果灯罩着火了，就变成她从一个燃烧的大楼中被解救出来，危在旦夕。她丈夫习惯把她说的话打折扣之后再消化。她说过关于某个女人的一件事，说是她骑摩托车撞伤了那个女人的孩子，于是那个女人发誓要向她报仇。唉，罗兹先生根本没把这件事放在心上。事情发生在他们结婚以前，虽然她给他读了那封言辞激烈的信，他仍怀疑整件事是她自己杜撰的。事实上，这种事她以前也做过一两次。她有癔症倾向，一直渴望寻求刺激。

现在，这一切对我来说都十分正常。实际上，我们的村子里有个女人，行为举止跟她差不多。这种人的危险之处就在于，当有真正异常的事情发生时，没有人会相信他们说的是真话。在我看来，这个案子就是这种情况。我推测，警察只认为罗兹先生在编造这个不可信的故事，来洗清自身的嫌疑。

我问了一下酒店里有没有独身一人的女子。结果好像有两个——格兰比太太，一个英印混血的寡妇，还有卡拉瑟斯小姐，一位体格健壮、说话不带"g"音的老处女。帕特里克先生补充说，经过详细的问讯，也没能查出有人在案发现场附近见过两人中的其中一人，也没有任何证据能将她们和案件联系起来。我让他描述一下她们的体貌特征。他说格兰比太太五十岁左右，头发有点儿红，乱蓬蓬的，面色土黄。她的服装相当别致，大多数是真丝制造，等等。卡拉瑟斯小姐四十岁左右，戴着夹鼻眼镜，头发剪得很短，像男人一样，外衣和短裙也很男性化。

"天哪，"我说，"那样的话可就难办了。"

帕特里克先生向我投去询问的一瞥，但是我此时并不想多作解释，所以我问他马尔科姆·奥尔德爵士说了什么。

马尔科姆爵士相信自己能够找出证据，使尸检的结果定为自杀，也能对缺乏指纹这一问题做出一个令人信服的解释。我问罗兹先生他的想法，他说所有的医生都是蠢货，连他自己都不相信妻子会自杀。"她不是那种女人"，他的回答很简单。我相信他，因为有癔症的人通常不会自杀。

我思索了一分钟，然后问罗兹太太房间的门是否直接通向走廊。罗兹先生说不是——有一个小走廊，带厕所和盥洗室。卧室通往走廊的那扇门是锁上并闩上的。

"既然是这样的话，"我说，"整件事就相当简单了。"

你知道，这真的……是世界上最简单的事。但人们似乎就是没想到这一点。

帕特里克先生和罗兹先生都盯着我，让我感到很尴尬。

"或许，"罗兹先生说，"马普尔小姐还没有充分理解案子的难度。"

"不，"我说，"我觉得我理解了。一共有四种可能：罗兹太太要么被她丈夫或者女服务员所杀，要么自杀，要么被一个无人看见进出过房间的外来者杀害。"

"那是不可能的，"罗兹先生打断我，"没有人可以在我看不到的情况下进出我的房间。即使是有人能够进入我妻子的房间，而不让电工看见，他怎么能离开房间又把门从里面锁上呢？"

帕特里克先生看着我说："怎么解释，马普尔小姐？"语气里充满鼓励。

"我想问一个问题，"我说道，"罗兹先生，那个女服务员长什么样子？"

他说他不确定。他觉得她个子比较高，但记不清她是白皮肤还是黑皮肤。我转向帕特里克先生，问了同样的问题。

他说她中等身高，金发碧眼，面色红润。

罗兹先生说:"帕特里克,你比我善于观察。"

我冒昧地说我不敢苟同。然后我问罗兹先生能否描述一下我家的女佣,结果他和帕特里克都说不出来。

"你们难道看不出来这意味着什么吗?"我说,"你们各自都满腹心事地来到这里,于是迎你们进门的就只是一个'女佣'。同理可以证明罗兹先生在酒店的情形。他只看见了女服务员的制服和围裙,因为太过于专注自己的工作了。但是,帕特里克先生以不同的身份会见了同一个女人,他把她当作一个'人'来看待。

"那个女谋杀犯就是利用了这一点。"

他们还是没明白过来,我只好解释了一下。

"我认为谋杀是这样进行的。女服务员从 A 门进来,拿着热水瓶,经过罗兹先生的房间,来到罗兹太太的房间,最后从 B 门出去到了外面的走廊。X——我给谋杀犯起的代号——从 B 门进入小走廊,藏在了房间里的某个地方,等着女服务员离开。之后,她走进罗兹太太的房间,拿起梳妆台上的匕首(毫无疑问,她白天事先侦查过这个房间),来到床边,刺死了那个睡着的女人,接着擦拭了匕首的手柄,锁上了她进来的那扇门。之后从罗兹先生工作的房间出去了。"

罗兹先生喊道:"但我应该看见她的。电工也应该看见她进来。"

"不,"我说,"这就是你们的错误所在。你不会'看见'她,如果她乔装成服务员的样子。"我留出时间,让他们完全理解我的话,之后我继续说道:"你沉浸于自己的工作,通过余光看见一个女服务员进来,去了你妻子的房间,又经过你的房间出去了。一样的衣服——却不是同一个女人。这也是那些喝咖啡的人所看到的:一个女服务员进来,一个女服务员出去。电工也是如此。我敢说，如果那位女服务员长得很漂亮，一位绅士可能会注意到她的脸，人性使然，但如果她只是一位相貌平平的中年妇女，那么你们注意到的只会是她的衣服，而不是她本人。"

罗兹先生喊道："她是谁？"

"哟，"我说，"这就有点儿难说了。不是格兰比太太，就是卡拉瑟斯小姐。听起来格兰比通常好像戴假发——所以她可以用自己的头发扮成女服务员。但另一方面，卡拉瑟斯小姐头发很短，像男人，更容易戴上假发，扮成女服务员。我敢说，你们可以非常轻松地发现她们哪一个才是凶手。就我个人来说，我倾向于认为是卡拉瑟斯小姐。"

真的，亲爱的，这就是故事的结尾。卡拉瑟斯是个假名字，她就是那个凶手。她的家族有精神病史。罗兹太太是个鲁莽、危险的司机，曾经不慎轧死她的小女儿，这让那可怜的母亲失去理智。她巧妙地隐藏了她的疯狂，只是向她意图谋害的对象写过疯狂的恐吓信。她跟踪了罗兹太太好一段时间，设计了非常巧妙的计划。杀人后的第二天早上，她做的第一件事，就是把假发和服务员的制服装到一个包裹里寄走。当她受到质问时，立刻就崩溃招供了一切。这个可怜的女人现在被关在布罗德莫精神病院里，精神完全失常，但这起谋杀案确实策划得非常巧妙。

帕特里克先生后来找到我，带来一封罗兹先生的赞美信。确实，那让我脸红了。然后我的老朋友对我说："只问您一件事，为什么您认为卡拉瑟斯比格兰比更有可能是凶手？您从没见过她们两个。"

"噢，"我说，"是'g'音。您说她说话不带'g'音。现在，只有书里的猎人会这样做，我可没见过现实生活中有多少人这么干的——六十岁以下的人肯定不会，而这个女人四十岁。因此那些省掉的'g'音在我听起来像一个女人在演戏，而且演过头了。"

我不该告诉你们帕特里克先生回应了什么，不过他确实对我赞不绝口，我情不自禁地沾沾自喜了。

事情能朝着最好的一面发展，是这个世界上最美好的事情了。罗兹先生已再婚。妻子是一位善良、通情达理的女孩，他们有一个可爱的小宝贝。你们猜怎么着？他们让我做孩子的教母！他们是不是太好了？

真希望你们不会嫌我太啰唆。

裁缝的洋娃娃　──────

第一章

洋娃娃躺在天鹅绒面的大椅子上。屋内光线昏暗；伦敦的天空总是阴沉沉的。在这轻柔的昏暗中，灰绿色的椅罩、窗帘和地毯和谐地融为一体。那个洋娃娃也融入其中。她穿着绿色天鹅绒衣服，头戴天鹅绒帽子，脸上涂着厚厚的艳彩，身体舒展，四肢伸开，懒洋洋地躺在那儿。她是个玩偶娃娃，是有钱的女主人心血来潮时买来放在电话旁，或长沙发坐垫上的那种玩具。她四肢摊开躺在那里，永远瘫软无力，但却带着一种古怪的生气。她看起来像是二十世纪制造的颓废产品。

希比尔·福克斯手忙脚乱地拿着几个样板和一份草图走了进来，带着一丝惊奇与困惑看了那个洋娃娃一眼。她感到奇怪，但是无论什么令她奇怪，都无法成为她首要关注的东西。反而，她心里想："哎呀，那个蓝色的天鹅绒样板哪儿去了？我究竟把它放到哪里了呢？我确信，刚才把它放在这里的啊。"她走到楼梯口，向工作室喊道："埃尔斯佩思，埃尔斯佩思，你拿了蓝色的样板吗？费洛斯·布朗夫人现在随时都会过来。"

她又返回屋内，打开了灯，目光再次扫过那个洋娃娃。"哎，到底在哪里——啊，在那里。"她把刚才从手中掉下来的样板捡了起来。当电梯停下来的时候，外面的楼梯口传来了往常的咯吱咯吱声，过了一会儿，费洛斯·布朗夫人带着她的京巴，呼哧呼唬地走进了房间，那架势就像一列火车喷着气进站一样。

"要下大雨了，"她说，"简直是倾盆大雨！"

她摘下手套，脱掉毛皮外套。艾丽西娅·库姆走了进来。最近她并不总过来，除非有特殊的客人登门，而费洛斯·布朗夫人就是这样的客人。

埃尔斯佩思是工作室的女领班，她拿来了连衣裙，希比尔把它给费洛斯·布朗夫人从头往下套了上去。

"瞧，"她说，"我觉得挺合身的。是的，这绝对是件成功之作。"

费洛斯·布朗夫人侧过身来，照了照镜子。

"我必须要说，"她说，"你做的衣服确实不显臀部。"

"您可比三个月前瘦多了。"希比尔鼓励她说。

"我真的没瘦，"费洛斯·布朗夫人说，"尽管我穿这件衣服看起来像瘦了。这与你的剪裁方式有关，它确实让我的臀部显得小。我看上去几乎好像都没有臀部了——我指的是那种大多数人都有的平常的臀部。"她叹了口气，一边抚摸着她身体上那个令人伤脑筋的部位，一边继续说，"我的臀部一直让我很心烦，当然了，多年来，我一直靠把肚子向前挺来让它不那么显眼。但现在已经不能这么做了，因为我连小肚子也有了。我的意思是——唉，你不可能又收腹又收臀，不是吗？"

艾丽西娅·库姆说："您应该看看我的其他客户！"

费洛斯·布朗夫人又更换姿势试了几下。

"有肚子可比有臀部糟糕得多，"她说，"肚子更容易显出来，或者你感觉它是这样的。因为，当你和别人面对面说话时，他们看不到你的臀部，但却可以注意到你的腹部。不管怎样，我要养成收腹的习惯，而臀部就随它去了。"她伸长脖子向远处张望了一下,突然冒了一句:"哦,那是你的洋娃娃吧!吓死我了。那个洋娃娃你买来多久了?"

希比尔有些迟疑地瞅了一眼艾丽西娅·库姆,艾丽西娅看上去有些困惑,而且还有些莫名的忧虑。

"我不太清楚……我想,应该有些时日了——我向来记不住事情,现在就更差劲了——转身就忘。希比尔,她在我们这儿有多久了啊?"

希比尔简短地回答:"不知道。"

"噢,"费洛斯·布朗夫人说,"她让我毛骨悚然。太可怕了!她看上去好像正在看着我们所有人,也许正掩着她的天鹅绒袖子大笑呢。如果我是你们的话,我就把她处理掉。"她微微打了个寒战,然后再一次全身心地投入到衣服制作的细节上。该不该让袖子再短一英寸呢?衣服长度怎么样呢?当所有这些重要的地方都得到满意解决后,费洛斯·布朗夫人换回她自己的衣服,准备离开。当路过那个洋娃娃的时候,她又转过头来说:"不,我不喜欢那个洋娃娃。她看上去一副主人的样子。这可不是好现象。"

"她说那话是什么意思啊?"等费洛斯·布朗夫人下楼离开之后,希比尔问道。

还没等艾丽西娅·库姆回答,费洛斯·布朗夫人又回来了,她从门口探头说:"我的天哪,我把富林给忘了。宝贝儿,你在哪儿呢?哎,不会吧!"

她一动不动地看着,另外两个女人也盯着看:那条狗正坐在绿色天鹅绒的椅子旁边,抬头盯着那个懒懒地躺在椅子上的洋娃娃。那条狗脸很小巧,眼球突出,面无表情,看不出是高兴,还是愤恨,只是一直盯着娃娃看。

"过来，宝贝儿。"费洛斯·布朗夫人说。

但是她的宝贝却毫不理会她。

"他是越来越不听话了，"费洛斯·布朗夫人数落着，"富林，过来。吃饭饭啦，我的心肝儿。"

富林的头转过来一点儿，看了一眼他的女主人，然后带着鄙夷的神情，继续打量着那个洋娃娃。

"她一定引起了他的注意，"费洛斯·布朗夫人说，"我想他以前从没注意过她，我也没有。上次我来的时候，她在这里吗？"

另外两个女人面面相觑。希比尔脸上露出了不悦之色，艾丽西娅·库姆则眉头紧皱，她说："我告诉过您——我最近就是什么也记不住。希比尔，她在我们这儿有多久了啊？"

"她从哪里来的啊？"费洛斯·布朗夫人问道，"你们买的吗？"

"哦，不是。"也不知道为什么，艾丽西娅·库姆被这个想法吓了一跳，"不是我买的。我想是别人送给我的。"她摇了摇头。"真是见鬼！"她喊道，"见鬼，事情刚发生，我就全给忘了。"

"喂，别傻了，富林，"费洛斯·布朗夫人厉声喝道，"过来。看来我得把你抱走。"

她把他抱了起来。富林叫了几声以示抗议。他们走出房间，富林仍转过头来，瞪着大眼睛，全神贯注地盯着那个躺在椅子上的洋娃娃……

"就是那个洋娃娃，"格罗夫斯夫人说，"真是吓死我了，真的。"

格罗夫斯夫人是一名清洁工。她刚刚像螃蟹一样蹲着清扫完房间的地板。现在她正站着，拿着掸子慢慢地拭去尘土。

"真可笑，"格罗夫斯夫人说，"直到昨天我才注意到她。她突然吓了我一跳，真的。"

"你不喜欢它吗？"希比尔问。

"福克斯夫人，我跟你说吧，她简直吓死我了，"那个清洁女工说，"她很不正常。看她那悬着的长腿，无精打采躺在那里的样子，还有她那奸诈的眼神，看起来哪里都不对劲儿。"

"你以前从来没有说过她什么。"希比尔说。

"我说过了，直到今天早晨我才注意到她。

"当然，我知道她在这里有一段时日了，但是——"她停了下来，脸上闪过一丝困惑的表情。"她是你会在梦里遇见的那种。"她边说，边收拾各种各样的清洁工具，接着离开了试衣间，穿过楼道，到了对面的房间。

希比尔盯着那个懒懒的洋娃娃。渐渐地，她脸上也显出困惑的表情。艾丽西娅·库姆走进了房间，希比尔突然转过身。

"库姆小姐，这个东西在你这里已经多久了？"

"什么，那个洋娃娃？我的天哪，你知道我什么也记不住的。昨天，真是太荒谬了！我本打算出去听那场讲座，可是沿着街走到半路，就突然发现，自己记不得要去哪儿了。我想啊想。最后，我告诉自己，一定是去纳穆斯堡。我知道自己想去纳穆斯堡买东西。啊，你是不会相信的，实际上直到我回到家，喝着茶时，才记起讲座的事。当然了，我总听说，人们一旦上了年纪，就会变得老糊涂，但是这对于我来说，也太快了些吧。我现在已经忘记把手提包放到哪里了，还有我的眼镜。我把眼镜放到哪里了呢？我刚才还戴着呢，我刚才还在读《泰晤士报》上的消息呢。"

"眼镜在壁炉架这儿呢,"希比尔一边说,一边把眼镜递给她,"你怎么得到那个洋娃娃的?谁给你的啊?"

"我脑子里也一片空白,"艾丽西娅·库姆说,"有人把她送给了我,或把她寄给了我……不过,她看起来和这间屋子挺搭的,不是吗?"

"我觉得相当搭,"希比尔说,"可笑的是,我记不起来,第一次在这里注意到她是什么时候了。"

"难道你现在和我一样健忘,"艾丽西娅·库姆责怪道,"毕竟,你还年轻啊。"

"但是,说真的,库姆小姐,我不记得了。我的意思是,我昨天看着她,觉得有些……嗯,格罗夫斯夫人说得相当对……觉得她有些恐怖。我早已有了这样的感觉,可当我试着回忆第一次有这种感觉是什么时候时,我却什么也记不起来!在某种程度上,我以前好像从来没有见过她——只是事实好像不是那样。就好像她已经在这儿很长时间了,但我只是刚刚注意到她一样。"

"也许某一天,她会骑着扫帚柄从窗户飞进来呢,"艾丽西娅·库姆说,"不管怎样,她现在确实属于这里。"她环顾四周,"你几乎很难想象,如果这个屋子里没有她,会是什么样子,不是吗?"

"是的,"希比尔说,她打了个寒战,"但我宁愿我能。"

"能干什么?"

"能想象出没有她的房间什么样。"

"是不是这个洋娃娃让我们都变傻了啊?"艾丽西娅·库姆不耐烦地问,"那个可怜的东西怎么了?对我来说,她看上去就像颗烂白菜。但可能因为我没戴眼镜的缘故。"她又补了一句,把眼镜架在鼻子上，目不转睛地看着那个洋娃娃。"是的，"她说，"我明白你的意思了。她是有点儿恐怖……表情悲伤，但是——又很诡异，而且神态相当坚决。"

"可笑的是，"希比尔说，"费洛斯·布朗夫人如此讨厌她。"

"她是那种想什么就说什么的人。"艾丽西娅·库姆说。

"但是很奇怪，"希比尔执意说，"这个洋娃娃竟然给她留下了那样的印象。"

"噢，人们有时确实会突然非常厌恶某样东西。"

"也许，"希比尔说，脸上露出一丝笑容，"那个洋娃娃直到昨天才来到这里……也许她刚刚从窗户飞进来，正如你所说的，是她自己在这里安顿下来的。""不，"艾丽西娅·库姆说，"我确信她在这里有一段时间了。也许她只是昨天才被人注意。"

"我也有那种感觉，"希比尔说，"就是她在这里有一段时间了……但尽管如此，直到昨天我才真正记起看见过她。"

"哎，天哪，"艾丽西娅·库姆轻快地说，"不要再谈她了，你的话让我脊背发凉。你不会是要说一大堆关于她的超自然的事吧？"她捡起那个洋娃娃，抖了抖，重新整理了她的肩头，让她坐在了另一把椅子上。那个洋娃娃立刻顺着椅背懒懒地躺了下去。

"一点儿也不像是活的，"艾丽西娅·库姆边说，边盯着那个洋娃娃看，"不过，有趣的是，她确实看起来像是活着的，不是吗？"

第二章

"嗬,它确实吓了我一跳,"格罗夫斯夫人在陈列室里来回走动,边擦灰尘边说,"真是吓得我再也不想去试衣间了。"

"是什么吓了你一跳啊?"库姆小姐问道,这时她正坐在房间角落的写字台前,忙着算各种账。"这个女人,"她完全沉浸在自己的思路里,"认为她每年能从我这拿两件晚礼服、三件鸡尾酒裙和一套西服,却连一便士都不用付给我!这种人,真是!"

"是那个洋娃娃。"格罗夫斯夫人说。

"什么,又是我们的洋娃娃?"

"是的,像个人一样,在办公桌那边坐着。嗬,吓得我不轻!"

"你在说什么呢?"

艾丽西娅·库姆站了起来,大步穿过房间,走过外面的楼道,进了对面的试衣间。房间的角落摆放着一个谢拉顿式的小办公桌,洋娃娃就坐在紧靠桌子放着的椅子上,而她松软的长胳膊就那样搭在桌子上。

"有人似乎想要开玩笑,"艾丽西娅·库姆说,"竟然让她那样坐着。说真的,她看上去相当自然呢。"

就在这时,希比尔·福克斯从楼上下来,手里拿着当天上午要试穿的礼服。

"希比尔，过来。看看我们的洋娃娃，现在它正坐在我的私人办公桌前写信呢。"

两个女人都盯着那洋娃娃。

"说真的，"艾丽西娅·库姆说，"太荒谬了！我想知道是谁把她支起来，放在那里的。是你吗？"

"不，不是我，"希比尔说，"一定是楼上哪个女孩做的。"

"真是个愚蠢的玩笑，"艾丽西娅·库姆说。她把那个洋娃娃从桌子上拿起来，扔回了沙发。

希比尔小心翼翼地把礼服放在椅子上，然后走出房间，去了楼上的工作室。

"你们知道那个洋娃娃吗，"她说，"就是楼下库姆小姐房间，试衣间里的那个天鹅绒洋娃娃？"

女领班和三个女孩同时抬起头来。

"是的，小姐，我们当然知道了。"

"今天早上是谁开玩笑让她坐在桌子前的？"

三个女孩看着她，然后女领班埃尔斯佩思说："让她坐在桌子前？我没有。"

"我也没有，"其中一个女孩说，"马琳，是你吗？"马琳摇了摇头。

"埃尔斯佩思，是你的杰作吗？"

"不是，真的，"埃尔斯佩思说，她是个不苟言笑的女人，看上去好像嘴里总是装满了针，"比起让洋娃娃坐在桌子前，我可是有更多重要的事情要做。"

"听着，"希比尔说，她发颤的声音令她自己都感到惊讶，"这……这是个很有趣的玩笑，我只是想知道是谁做的。"

三个女孩都感到特别气愤。

"福克斯夫人，我们已经告诉过你了。我们谁也没干，是吧，马琳？"

"我没做过，"马琳说，"如果内莉和玛格丽特说她们没做过的话，那么，我们都没做过。"

"你已经听见我们的话了吧，"埃尔斯佩思说，"福克斯夫人，这到底是怎么回事啊？"

"也许是格罗夫斯夫人？"马琳说。

希比尔摇了摇头。"不会是格罗夫斯夫人的。那个洋娃娃吓了她一跳。"

"我要下楼亲眼看一看。"埃尔斯佩思说。

"她现在不在那里，"希比尔说，"库姆小姐把她从桌子前拿走，扔回沙发上了。好吧——"她停顿了一下，"我的意思是，一定是有人把她支在了写字桌前的椅子上，觉得那很好玩。可我不明白，这个人为什么不肯承认。"

"福克斯夫人，我都告诉过你两遍了，"玛格丽特说，"我不明白，你为什么要不停地指责我们撒谎。我们没人会做那种蠢事。"

"对不起，"希比尔说，"我不是有意惹你们不高兴。但是……但是还有谁可能那么做呢？"

"可能是她自己站了起来，然后走到了那里。"马琳咯咯地笑着说。

不知道为什么，希比尔并不喜欢这个联想。

"哦，简直是一派胡言。"她说，然后又下楼去了。

艾丽西娅·库姆兴高采烈地哼着歌，环顾了一下房间。

"我又把眼镜弄丢了，"她说，"但这无关紧要，反正我现在什么也不想看。伤脑筋的是，如果你跟我一样看不见东西，还把眼镜弄丢了，除非你还有一副眼镜可以戴上，去找之前的那副，否则，你是找不到它的，因为你什么也看不见，根本没法找到它。"

"我帮你到处找一找，"希比尔说，"你刚才还戴着呢。"

"你上楼的时候，我去了对面的屋子。我以为我把眼镜拿回来了。"

她走进另一间屋子。

"太烦人了，"艾丽西娅·库姆说，"我想继续处理这些账目。如果不戴眼镜的话，可怎么弄呢？"

"我上楼，去卧室把你的另一副眼镜拿过来。"希比尔说。

"我现在没有另一副了。"艾丽西娅·库姆说。

"为什么，那副眼镜怎么了？"

"噢，我想，我昨天出去吃午饭的时候，把它落在哪儿了。我给那里打了电话，我还给两家我去过的商店打了电话。"

"哦，天哪，"希比尔说，"你该配三副眼镜。"

"如果我有三副眼镜的话，"艾丽西娅·库姆说，"我这辈子都要在找一副又一副眼镜中度过了。我真的认为，最好只有一副眼镜。这样你就得去找，直到找到为止。"

"嗯，那副眼镜一定是在某个地方，"希比尔说，"你没走出过这两间屋子。眼镜不在这里，就一定在试衣间。"

她又去试衣间仔细找了一圈。最后，实在没办法，她把洋娃娃从沙发上拿了起来。

"找到了！"她喊道。

"哦，希比尔，在哪里找到的啊？"

"我们珍贵的洋娃娃下面。我猜一定是你把她放回到沙发上时，把眼镜摘下来扔那儿了。"

"我没有。我确定没有。"

"哦,"希比尔恼火地说,"那么我猜是洋娃娃偷拿了眼镜,然后把眼镜给你藏了起来!"

"说真的,"艾丽西娅边说,边若有所思地看着那个洋娃娃,"要真是她做的,我也不会感到惊奇。她看起来非常聪明,希比尔,你不觉得吗?"

"我不喜欢她的脸,"希比尔说,"她看上去好像知道一些我们不知道的事情。"

"你不觉得她看上去长得很甜而且有点儿伤感吗?"艾丽西娅·库姆问,语气中带着恳切却没说服力。

"我认为她一点儿都不讨人喜欢。"希比尔说。

"是的……也许你是对的……哦,好了,我们继续做事吧。再过十分钟,李夫人就过来了。我只是想弄完这些发票,把它们都粘好。"

第三章

"福克斯夫人。福克斯夫人。"

"玛格丽特,什么事啊?"希比尔问,"这是什么啊?"

希比尔正趴在桌子上,忙着剪裁一块缎子布料。

"哦,福克斯夫人,又是那个洋娃娃。我按照你的吩咐,把棕色的礼服拿下来时,发现那个洋娃娃又坐在了桌子前。这可不是我,不是我们中的任何一个人干的。福克斯夫人,我们真的不会做那样的事。"

希比尔的剪子抖了一下。

"瞧,"她生气地说,"你做的好事。哦,好啦,我猜一切都会好的。现在,那个洋娃娃怎么样了?"

"她又端坐在桌子前。"

希比尔下楼,走进了试衣间。那个洋娃娃正坐在桌子前,和之前完全一样。

"你还挺顽固,是不?"希比尔对那个洋娃娃说。

她粗鲁地把那个洋娃娃拎起来,放回到沙发上。

"那是你该待的地方,小丫头,"她说,"你就待在那儿。"

她走到另一间屋子。

"库姆小姐。"

"希比尔,什么事啊?"

"有人在和我们玩游戏呢。那个洋娃娃又坐到了桌子前。"

"你认为会是谁呢?"

"一定是楼上三个女孩中的一个,"希比尔说,"我猜是认为这么做好玩儿。当然了,她们都对天发誓,不是她们做的。"

"你认为会是谁呢——玛格丽特?"

"不是,我认为不是玛格丽特。她进来告诉我的时候,看起来相当惊慌。我觉得是那个咯咯笑的马琳。"

"无论如何,真是件蠢事。"

"当然,这是白痴才做的事。"希比尔说。"不过,"她非常严肃地补充了一句,"我打算阻止这个行为。"

"你打算怎么做啊?"

"你会看到的。"希比尔说。

那天晚上,在离开的时候,她从外面把试衣间的门锁上了。

"我要把这个门锁上,"她说,"还要随身带着那把钥匙。"

"哦,我明白了,"艾丽西娅·库姆打趣道,"你现在开始怀疑我做的,是不是?你认为我很健忘,我去了那里,认为自己要在桌子前写字,但是实际上我捡起了那个洋娃娃,把她放在那儿帮我写字。你是不是这么想的?然后我把整件事都给忘了。"

"嗯,有可能。"希比尔承认说,"无论如何,我相当确定,今晚不会再上演这么愚蠢的恶作剧了。"

第二天早上,希比尔绷着嘴唇,到了以后做的第一件事就是打开试衣间的门,进去查看情况。格罗夫斯夫人脸上带着愤愤不平,手里拿着拖把和掸子,一直站在楼梯口等着。

"让我们来看看。"希比尔说。

不过,她很快就喘着气,往后退了一步。

那个洋娃娃又坐到了桌子前。

"唔!"她身后的格罗夫斯夫人说,"太离奇了!这是怎么一回事啊。福克斯夫人,你的脸色好苍白,你是不是想吐。你需要喝点儿东西。库姆小姐楼上有喝的吗?"

"我很好。"希比尔说。

她走向那个洋娃娃,小心翼翼地拿起她,然后拿着她穿过了房间。

"有人在捉弄你。"格罗夫斯夫人说。

"我不明白她们这次是怎么捉弄我的,"希比尔慢慢地说,"昨天晚上,我把那间屋子的门锁上了。你也知道,没有人能进得去。"

"也许,有人手里有另一把钥匙。"格罗夫斯夫人希望自己能提供点帮助。

"我觉得不可能,"希比尔说,"我们以前从来就不锁门。这是把老式钥匙,只有一把。"

"也许有其他钥匙能打开这个门呢——说不定对面那个门的钥匙就行。"

没过多久,她们把店里的所有钥匙都试了一遍,但是没有一把钥匙能打开试衣间的门。

"太奇怪了,库姆小姐。"当她们一起吃午饭的时候,希比尔说。

艾丽西娅·库姆看起来相当高兴。

"我的天哪,"她说,"我认为这简直非同寻常。我觉得我们应该给灵魂研究人员写信,告诉他们这件事。那个,他们可能会派一名调查员——一个灵媒或者其他什么人——来看看这间屋子是否有奇异的地方。"

"你看上去好像一点儿也不担心。"希比尔说。

"嗯，某种程度上说，我还相当乐在其中呢，"艾丽西娅·库姆说，"我的意思是，到了我这个年龄，遇见事就觉得很有趣！尽管如此——不，"她沉思了片刻说，"我想我不是很喜欢她。我是说，那个洋娃娃越来越得意忘形了，不是吗？"

那天晚上，希比尔和艾丽西娅·库姆又一次锁上了试衣间的门。

"我仍然认为，"希比尔说，"可能有人在搞恶作剧，虽然，说真的，我不明白到底为了什么……"

"你是不是认为，明天早上，她还会坐在桌子前啊？"艾丽西娅问道。

"是的，"希比尔说，"我确实这么想。"

但是她们都错了。那个洋娃娃并没有坐在桌子前，而是待在窗台上，看着窗外的街道。她的姿势又是那么自然。

"真的是太愚蠢了，不是吗？"那天午后，在她们偷空儿喝茶的时候，艾丽西娅·库姆说。她们一致同意，不再像往常一样，把那个洋娃娃放在试衣间，而是放在对面艾丽西娅·库姆自己的房间里。

"怎么个愚蠢法儿？"

"噢，我的意思是，你无法控制任何东西。居然有一个不断变换位置的洋娃娃。"

日子一天天过去，洋娃娃的行动越来越猖狂。现在，她不仅仅在晚上移动，白天也如此。有时她们在试衣间，临时离开片刻回来之后，都可能发现那个洋娃娃已经挪动了地方。她们之前把她放在沙发上，却发现她在椅子上。不一会儿，她又坐到另一把椅子上。有时她还待在靠窗的座位上，有时又坐在桌子前。

"她简直想到哪儿就到哪儿，"艾丽西娅·库姆说，"希比尔，我认为她是在自娱自乐。"

两个女人站在那里,低头去打量那个死气沉沉、四肢摊开的娃娃,她穿着柔软舒适的天鹅绒衣服,拥有一张上了漆的丝绸般的脸。

"几小块旧的天鹅绒和真丝布料,还有点儿漆,这就是她的本来面目,"艾丽西娅·库姆说,她的声音有些紧张,"我觉得我们——呃——我们可以把她处理掉。"

"把她处理掉,这话是什么意思啊?"希比尔非常震惊。

"噢,"艾丽西娅·库姆说,"我们可以把她扔进火里——如果有火的话——烧了,我是说,就像女巫……或者,当然了,"她提出了更切合实际的办法,"我们也可以直接把她放到垃圾桶里。"

"我认为那样不行,"希比尔说,"可能会有人把她从垃圾桶里捡起来,还给我们的。"

"或者我们可以把她送到别的地方,"艾丽西娅·库姆说,"送到那种为了特卖会或义卖会总写信要东西的什么协会、机构之类的地方。我想这是最好的主意。"

"我不知道……"希比尔说,"我不敢那样做。"

"不敢?"

"嗯,我怕她再回来。"希比尔说。

"你是说,她会回到这里?"

"是的。"

"像一只信鸽?"

"是的,我正是这个意思。"

"我想我们还没有疯吧?"艾丽西娅·库姆说,"也许我真的已经老糊涂了,也许你只是在哄我,是吗?"

"不是的,"希比尔说,"我确实有一种非常可怕的感觉,一种令人恐怖的感觉,就是她对于我们来说,太强大了。"

"什么?就那几块破布?"

"是的,那块可怕、柔软的破布。因为,你看,她的意志如此坚定。"

"意志坚定?"

"用她自己的方式!我的意思是,现在这儿成了她的房间!"

"是的,"艾丽西娅·库姆边说边环顾四周,"确实是,不是吗?当然,一直就是她的。你回头想想这房间的色调和所有的一切……我想她适合待在这里,不,应该说房间适合她才对。我必须要说,"裁缝的声音轻快起来,"一个洋娃娃占有一切,实在荒谬至极。格罗夫斯夫人再也不会来这里打扫卫生了。"

"她有没有说过,她害怕那个洋娃娃?"

"没说过。她只是随便找了个借口。"艾丽西娅突然又有点儿恐慌,"希比尔,我们打算怎么办啊?这件事让我很懊恼。我都已经好几周没法设计出东西来了。"

"我也没法专心好好裁剪了,"希比尔坦白说,"我犯了各种各样的愚蠢错误。也许,你那个给灵魂研究人员写信的想法可能会有些用。"虽然这么说,但她并没什么把握。

"那只会让我们看起来像一对傻子,"艾丽西娅·库姆说,"我当时也是随口一说。不,我猜我们只能如此,直到——"

"直到什么?"

"哦,我不知道。"艾丽西娅不置可否地笑了笑。

第二天,希比尔到的时候,发现试衣间的门锁上了。

"库姆小姐,你有钥匙吗?你昨晚锁门了?"

"是的,"艾丽西娅·库姆说,"我锁了门,而且要让它一直锁着。"

"你说这话是什么意思啊？"

"我只是想说，我不会再用那间屋子了。那个洋娃娃可以拥有它。我们不需要两间屋子。这里也能容下我们。"

"但是这是你自己的私人起居室啊。"

"噢，我再也不想要它了。我有一间非常好的卧室。我可以把那个房间变成卧室和起居室两用的，不可以吗？"

"你是不是想说，你真的再也不打算进入那间试衣间了？"希比尔对此心有怀疑。

"我正是那个意思。"

"但是——怎么打扫卫生呢？那间屋子会变得很脏乱的。"

"随它吧！"艾丽西娅·库姆说，"如果一个房间被一个娃娃占有，那就让她继续管去吧。让她自己去打扫房间。""她讨厌我们，你知道。"她又补了一句。

"你说这话是什么意思啊？"希比尔问，"那个洋娃娃讨厌我们？"

"是的，"艾丽西娅说，"难道你不知道吗？你应该知道的。你看她的时候，一定看出来了。"

"是的，"希比尔若有所思地说，"我看出来了。我一直以来都有那种感觉——她讨厌我们，她想把我们从那里撵出去。"

"恶毒的小东西，"艾丽西娅·库姆说，"无论如何，她现在应该满意了。"

此后，一切都相安无事。艾丽西娅·库姆向她的员工宣布，她打算暂时弃用那间试衣间——她解释说，房间太多了，打扫起来太费劲儿。

但这几乎无助于解决问题。就在当天晚上，她无意间听到一个女工对另外一个说:"库姆小姐现在真是古怪。我总是觉得她的行为有点儿怪异——她丢东西,还健忘。但是现在更过分了,她开始对楼下那个洋娃娃疑神疑鬼的。"

"嗨,你不会觉得她真的疯了吧?"另一个女孩说,"她晚上会不会用刀捅我们,或是做些其他什么事情?"

她们边走边喋喋不休地聊着,艾丽西娅怒气冲冲地坐在椅子上。确实是疯了!她苦笑着自言自语说:"要不是因为希比尔,我倒会认为我疯了。但希比尔和格罗夫斯夫人也跟我一样,好吧,看上去这里面确实好像有点儿蹊跷。但是,我不知道这事最后会怎样收场。"

三个礼拜之后,希比尔对艾丽西娅·库姆说:"我们哪天应该进那间屋子里看看。"

"为什么啊?"

"噢,我的意思是,那里面一定会很脏。东西上会生蛾子,诸如此类的。我们应该把房间清理一下,然后再锁上。"

"我宁愿它一直关着,不想再进去了。"艾丽西娅·库姆说。

希比尔说:"说真的,你简直比我还迷信呢。"

"我觉得也是,"艾丽西娅·库姆说,"比起你,我更早准备相信这一切,但是刚开始的时候,我还觉得挺刺激。我也不知道怎么回事,现在我就是感到害怕,我宁愿再也不走进那间屋子。"

"可我想去,"希比尔说,"我打算现在就去。"

"你知道你怎么了吗?"艾丽西娅·库姆问,"你只是好奇,仅此而已。"

"是的,我就是好奇。我想看看那个洋娃娃做了什么。"

"我还是觉得最好不要去打扰她,"艾丽西娅说,"我们已经离开那间屋子了,她满意了。你最好就让她继续满意下去。"她发出愤怒的叹息声,"我们在说什么废话!"

"是的。我知道我们在说废话,但是你能否告诉我什么才不是废话——来吧,现在把钥匙给我。"

"好吧,好吧。"

"我知道,你是害怕我会把她放出来或别的什么。我倒认为,她是那种能自己穿过门窗的类型。"

希比尔把门打开,走了进去。

"太奇怪了。"她说。

"奇怪什么啊?"艾丽西娅·库姆边问,边盯着她肩膀后面看。

"屋子里几乎看不到一点儿灰尘。你想想,关了这么长一段时间之后——"

"是挺奇怪的。"

"她在那里。"希比尔说。

那个洋娃娃正待在沙发上,没有像以前一样,瘫软无力地躺着。她正直挺挺地坐着,背后靠着一个靠垫,好像是这个房子的女主人似的,正等着接待客人。

"哎呀,"艾丽西娅·库姆说,"她看上去就好像待在自己的家里。我几乎觉得应该为自己的无故闯入而道歉。"

"我们走吧。"希比尔说。

她退出来,带上门,又把它锁上了。

两个女人面面相觑。

"我希望能知道,"艾丽西娅·库姆说,"她为什么要把我们吓成这样……"

"我的天哪,谁会不害怕呢?"

"噢,我是说,到底发生了什么?说真的,什么也没有——

只是个在屋子里到处移动的玩偶。我猜它本身不是玩偶——而是个爱恶作剧的吵闹鬼。"

"这是个不错的解释。"

"是的,但是我实在无法相信这种说法。我想它是——它就是个洋娃娃。"

"你确信不知道她到底从哪儿来的?"

"我一点儿都不知道,"艾丽西娅说,"我越想越确信我没买过她,也不是别人送的。我想,嗯,她就是自己来的。"

"那你觉得她究竟……会不会走啊?"

"真的,"艾丽娅说,"我不明白为什么她要……她已经得到她想要的一切了。"

但是看上去,那个洋娃娃好像并没有得到所有想要的东西。第二天,当希比尔走进陈列室的时候,她突然猛吸了口气,赶忙去楼上叫人。

"库姆小姐,库姆小姐,下来,到这里来。"

"怎么了?"

艾丽西娅·库姆起晚了,下楼时,由于右膝盖患了风湿,走起来有点儿蹒跚不稳。

"希比尔,你是怎么了啊?"

"看,看发生了什么。"

她们站在陈列室的门口。那个洋娃娃坐在沙发上,四肢摊开,轻松地搭在沙发的扶手上。

"她出来了,"希比尔说,"她走出那间屋子了!她连这间屋子都想要。"

艾丽西娅·库姆一屁股坐倒在门口。"最后,"她说,"我猜她会想要整个店铺。"

"很有可能。"希比尔说。

"你这个卑鄙、狡诈、恶毒的畜生,"艾丽西娅冲着那个洋娃娃说,"你为什么要来这儿,这样纠缠我们?我们不想看到你。"

她和希比尔都感到那个娃娃似乎动了一下。它的肢体好像更放松了,一条柔软的长胳膊正搭在沙发的扶手上,脸半掩着,那双眼睛好像正从胳膊下偷偷往外看。那是一种既狡诈又恶毒的眼神。

"可怕的东西,"艾丽西娅说,"我再也忍受不了了!我再也无法忍受它了!"

突然,完全出乎希比尔的意料,艾丽西娅猛冲进屋子,抓起那个洋娃娃,跑到窗前,打开窗户,狠狠地把她扔到了街上。希比尔因为恐惧,倒吸一口凉气,几乎哭喊着说:

"哦,艾丽西娅,你不该那样做!我确信你不该那样做!"

"我必须做点儿什么,"艾丽西娅·库姆说,"我忍不了了。"

希比尔走到窗前,和她站在一起。那个洋娃娃正躺在窗下的人行道上,四肢松散,面部朝下。

"你杀了她。"希比尔说。

"别傻了……我怎么能把天鹅绒和真丝制成的东西杀了呢?它没有生命。"

"她有生命。"希比尔说。

突然,艾丽西娅屏住了气。

"上帝啊。那个孩子——"

一个衣衫褴褛的小女孩正站在人行道上,站在那个洋娃娃旁边。她来回扫视了一下街道——虽然有一些机动车在行驶,但在早上这个时候,街道并不十分拥挤;然后,那个孩子好像很满意似的,弯下身子,捡起那个洋娃娃,接着向马路对面跑去。

"站住！站住！"艾丽西娅喊道。

她转向希比尔说：

"那个孩子不能要那个洋娃娃。她不可以！那个洋娃娃很危险——她是邪恶的化身。我们得去阻止她。"

她们并没能阻止小女孩。倒是来往的车辆使她不得不停下来。这时，三辆出租车从一侧驶来，而两辆零售商的货车从对面驶来，小女孩被困在了马路中间的安全岛上。希比尔匆忙下楼，艾丽西娅·库姆紧跟在她身后。在快速躲开一辆货车和一辆私家车之后，希比尔和艾丽西娅在那个孩子可以穿过车辆、走到马路对面之前，赶到了安全岛。

"你不能拿走那个洋娃娃，"艾丽西娅·库姆说，"把她还给我。"

那个孩子看着她。她是个骨瘦如柴的小女孩，八岁左右，有点儿斜视，脸上露出挑衅的神色。

"我为什么要把她给你？"她问，"把她从窗户那儿扔出来的人是你，我看见了。如果你把她扔出窗外，那么说明你不要她了，所以她现在是我的了。"

"我会再给你买个洋娃娃，"艾丽西娅发狂地说，"我们去玩具店，去哪家都行，只要你喜欢。我会给你买一个我们能找到的最好的洋娃娃。但是请把这个还给我。"

"不行。"小女孩说。

她用双臂紧紧环抱住那个天鹅绒洋娃娃。

"你一定要把她还给我们，"希比尔说，"她不是你的。"

她伸手要从那个孩子的手里拿回洋娃娃，小女孩急得跺了一下她的脚，转过身，向她们大喊大叫。

"不行！不行！不行！她就是我的。我爱她。你们不爱她。

你们讨厌她。如果你们不讨厌她,就不会把她扔出去。我爱她,我告诉你们,那就是她想要的。她想要被人爱。"

然后,没等那两个老女人决定躲开车辆,跟上去,那个孩子,像鳗鱼一样,迅速地躲过一辆辆车,穿过街道,沿着小巷跑了,消失得无影无踪。

"她走了。"艾丽西娅说。

"她说那个洋娃娃想被人爱。"希比尔说。

"也许,"艾丽西娅说,"也许她一直想要的就是……被人爱……"

在伦敦的车流中,两个受惊的女人面面相觑。

神秘的镜子

我无法对这件事做出解释，也不知道它为什么会发生。反正它就那样发生了。

　　我有时候依然想，如果当时我注意到那个重要的细节，那个直到多年以后我才意识到的细节，那么事情会如何发展。如果我注意到了，那么，我们三人的命运轨迹会被完全改写。不管怎么样，这是个很可怕的想法。

　　故事的开始，要追溯到一九一四年的夏天——一战前夕，那时我与尼尔·卡斯雷克来到巴吉沃西。尼尔，可以说是我最好的朋友。我还认识他的弟弟艾伦，但不是很熟。而他们的妹妹西尔维亚，我从来没有见过。她比艾伦小两岁，比尼尔小三岁。我们一起上学时，有两次，我打算跟尼尔在巴吉沃西度过一段假期，但均被一些事情打乱了计划。所以，当我第一次到尼尔和艾伦家时，已经是二十三岁那年了。

　　我们一大帮人要在那儿相聚。尼尔的妹妹西尔维亚刚刚跟一个叫查尔斯·克劳利的家伙订了婚。尼尔说，他比她大很多，但是个正派的小伙子，非常富有。

　　我记得，我们到达的时间大约在晚上七点。每个人都到自己的房间换衣服，准备参加晚宴。尼尔带我去了我的房间。巴吉沃西是座充满魅力的老宅子，格局略显凌乱。在过去的三百年中，房子被随意地装修，现在到处都是上上下下的小台阶，还有料想不到的楼梯间。在这种房子里，很容易就会迷路。我记得尼尔答应我，他会在参加晚宴的路上来接我。想到要和他的家人见第一次面，我有点儿害羞。我还记得我笑着说过，这是那种在走廊里会遇到鬼的房子，他漫不经心地说，人们确实说这个地方闹过鬼，但是没有人亲眼见过，他甚至不知道，鬼应该长什么样儿。

之后他急匆匆地离开了，我开始埋头翻我的行李箱，找晚上要穿的衣服。卡斯雷克家族并不富有；他们一直住在老房子里，但里面没有仆人帮你拎行李，或者侍候你。

那时，我正好在系领带。我站在镜子前，可以看见我的脸和肩膀，后面是房间的墙——一面很普通的墙，中间正好有一扇门——就在我终于打好领带时，我注意到那扇门开了。

我不知道为什么我没有转过身——我想那应该是人的自然反应；可不知为什么，我没有转身。我只是看着那扇门缓缓打开，看见了门里面的房间。

那是一个卧室——比我的要大——里面有两张床，突然，我屏住了呼吸。

因为一个女孩正在一个床脚旁，被一双男人的手掐住了脖子，那个男人慢慢地迫使她向后退，紧掐她的脖子，女孩就这样渐渐窒息而死。

绝对不是我眼花了，我看得十分清楚。发生的事情就是谋杀。

我可以清晰地看见女孩的脸和她的金发，美丽的脸上流露出痛苦的恐惧，正慢慢地充血。至于那个男人，我能看见他的后背，他的手，还有一条疤痕，从左脸一直延伸到脖子。这些讲起来要花一些时间，但实际上我只目瞪口呆了片刻，就马上转身，想要营救女孩……

然而在我身后的墙上，也就是镜子反射的墙上，只有一个维多利亚式的红木衣柜。没有门开着——也没有暴力的场面。我又转身看镜子，镜子里只能看见那个衣柜……

我伸手在眼前晃了晃，看自己是不是眼花了。我又冲到房间的另一头，试图把衣柜往前拉，此时，尼尔从走廊的另外一扇门进来，问我到底在搞什么鬼。

当我突然问他衣柜后面有没有门的时候，他一定认为我有点儿神志不清。他说，是的，那里有一扇门，通向相邻的房间。我问他那个房间里是否有人住，他说是姓奥德姆的人住着——奥德姆上校和他妻子。我又问奥德姆太太是不是一头金发，他毫无感情回答说是黑发，这时，我开始意识到我可能在干蠢事。我让自己镇定下来，做了一些蹩脚的解释，然后我们便一起下了楼。我告诉自己，我一定是产生了某种幻觉。我感到相当难为情，觉得自己蠢透了。

之后……之后，尼尔向我介绍说："我妹妹西尔维亚。"我发现那张漂亮的面孔，就是刚刚被掐死的那个女孩……尼尔接着介绍她的未婚夫给我，一个高个子、肤色较黑的男人，而且左脸上有一道伤疤。

噢，原来如此。你们想想，如果你们处在我的位置上，会怎么做。这就是那个女孩，一模一样的女孩。这也是那个男人，我看见他掐死她。他们在一个月后就要结婚了……

我是不是看到了预知未来的幻象？西尔维亚和她的丈夫以后会不会来这儿待上一段时间，住进那个房间（最好的客房）？我目睹的那一幕会不会变成残酷的现实？

我应该怎么办？我能做什么？会有人——尼尔——或是那个女孩自己——相信我吗？

待在那儿的几周,我反复在脑海里思索着这整件事。说还是不说?几乎同时,另外一个难题又出现了:我对西尔维亚·卡斯雷克一见钟情……我对她的渴望超过一切……而这种感情在某些方面束缚了我的手脚。

然而,如果我什么都不说,西尔维亚会嫁给查尔斯·克劳利,而克劳利就会杀了她……

因此,在离开的前一天,我脱口而出,把所有的事都告诉了她。我对她说,我料想她会认为我的精神有点儿失常,但我郑重发誓,我确实看见了我说的事情,我觉得如果她决心要嫁给克劳利,我应该告诉她我的离奇经历。

她非常安静地听着,眼中带着些捉摸不透的东西。她一点儿也没生气。当我说完后,她只是严肃地向我表示感谢。我像个傻子一样不停地重复着:"我确实看到了。我真的看到了。"然后她说:"如果你这么说,你一定是看到了。我相信你。"

好啦,结果是,我匆匆离开,不知道是做对了,还是干了件蠢事。而一星期后,西尔维亚终止了她与查尔斯·克劳利的婚约。

在那之后,战争爆发了,我没有太多闲情逸致去想其他的事情。有那么一两次,我在休假的时候,碰到过西尔维亚,但我总是尽可能回避她。

我如从前一样地爱她,渴望她,但莫名其妙地觉得这样做不道德。是因为我,她才解除和克劳利的婚约,我不停地对自己说,我只有保持一种纯粹冷漠的态度,才能证明我的行为是正当的。

后来,一九一六年,尼尔死了,告诉西尔维亚他的临终遗言的任务自然而然落到了我的肩上。在那以后,我们无法再保持普通朋友关系。西尔维亚崇拜尼尔,而尼尔是我最好的朋友。她很甜美——悲伤中都透着可爱的甜美。我努力保持缄默,再次离开,心中祈祷一颗子弹将我击中,从而让这一切煎熬都能结束。没有西尔维亚的日子生不如死。

但是没有子弹要我的命。有一颗子弹从我右耳擦过,差一点儿;还有一颗子弹击中了我口袋里的烟盒,但我毫发无伤。一九一八年初,查尔斯·克劳利在一次行动中战死了。

不知怎的,这让情况发生了转变。一九一八年秋天,我恰好在停战前回到家,于是我直接找到西尔维亚,告诉她我爱她。我并没抱多大期望,认为她能马上喜欢上我。而当她问我为什么不早点儿告诉她时,我真的感觉幸福得快晕倒了。我结结巴巴说了一些关于克劳利的事,而她说:"你认为我为什么跟他分手?"随后她就告诉我,她也爱上了我,正如我爱上她一样——从见到我的那一刻开始。

我说,我以为她解除婚约是因为我告诉她的故事,她轻蔑地笑了,然后说如果你爱一个人,你不会那样胆小。于是,我们又回想了一遍我看到的景象,一致认为只是有些古怪,没什么别的。

好啦,之后的事就没有什么可讲的了。我和西尔维亚结了婚,而且我们很幸福。但当她真正属于我时,我便意识到,我生来就不是那种好丈夫。我全心全意地爱西尔维亚,但我善妒,荒唐地嫉妒着每一个她报以微笑的人。起初,我的反应让她觉得好笑,我觉得她甚至非常享受这样。这至少证明我多么专一。

但对我来说,我完全清楚地意识到,我不仅仅在干蠢事,还在毁掉我们和睦、幸福的生活。我心知肚明,但就是改不了。每次西尔维亚收到信件,不给我看的时候,我都会猜疑是谁寄来的。如果她和哪个男人谈笑，我就会生气而警觉。

最开始，像我说的那样，西尔维亚嘲笑我。她认为那是个大笑话。慢慢地，她就不觉得这笑话有多么好笑了。最后她根本就不觉得这是个笑话。

渐渐地，她开始疏远我，不是肢体上的疏离，而是向我隐瞒她的心事。我无法再得知她的想法。她仍然善良可爱，但多了份哀伤，我们之间的距离越来越远。

慢慢地，我意识到，她不再爱我了。她的爱已经凋亡，是我亲手扼杀了它……

接下来的事无可避免，我感觉自己正在等待它发生，却又惧怕它的到来。

德里克·温赖特进入到我们的生活。他拥有一切我没有的东西，才思敏捷，谈吐诙谐，还相貌英俊——我不得不承认——他真是个十分优秀的小伙子。我看到他第一眼时，就对自己说："这个男人才是西尔维亚的真命天子……"

她抗拒过这份诱惑。我知道她内心很挣扎，但我没有伸出援手。我做不到。我沉浸在自己低落、阴郁的情绪中无法自拔。我仿佛在地狱里忍受煎熬，却无力拯救自己。我非但没有帮她，反而让事情雪上加霜。一天，我冲她大大发泄了一通——说了一连串野蛮、毫无根据的伤人话。我嫉妒、难过得快要疯了。我说的话很残忍，也很虚伪，当我说出来的时候，我就知道那些话是多么残忍，多么虚伪。但我仍然从中得到了原始的快感。

我记得西尔维亚满脸通红，缩成一团。

我把她逼得忍无可忍。

我记得她说："不能再这样下去了……"

当晚，我回到家时，发现房子里空无一人。她给我留了张纸条。

纸条上写着,她要永远地离开我。她要回巴吉沃西待上一两天。之后,她打算去找那个爱她并且需要她的人。我应该接受这样的结局。

我想直到那个时候,我还没有真正相信自己的怀疑。这份让我最害怕的白纸黑字的证明使我异常狂暴。我以最快的速度开车来到巴吉沃西。

我记得,当我冲进房间时,她刚刚换完晚宴的裙子,我看见她美丽的脸上交织着惊讶、害怕的神情。

"除了我,谁也不能拥有你。谁也不行。"

我突然用手掐住她的喉咙,把她向后拽。

突然,我在镜子里看见了我们的身影——西尔维亚几近窒息,而我正要勒死她,还有我脸上的伤疤,子弹射中右耳留下的那个伤疤。

不——我没有杀她。镜中突然显现的景象使我无法动弹,我松开了手,她滑落到地板上。

随即,我崩溃了——她安慰了我……是的,她安慰了我。

我把一切告诉了她,而她告诉我,她写的"爱她和需要她的人"指的是她哥哥艾伦……那天晚上,我们彼此交心,从那一刻起,我们的心不再分离。

这是一个发人深省的故事,值得牢记一生——要是没有上帝的恩惠和那面镜子,我可能会成为一个杀人犯。

那天晚上,有样东西确实消失了——嫉妒的魔鬼,它控制了我那么久。

但我有时会想,假如我没有犯最初的错误,那个在左脸的伤疤——实际上在右脸上,因为镜子里的映像是反的……我会那么肯定那个男人就是查尔斯·克劳利吗？我会警告西尔维亚吗？她会嫁给我还是他？

抑或，过去和未来本就是一体的？

我是个普通人。我不想装作理解这些事，但我看到了我看到的。用老话来说，正是由于我所看见的，我和西尔维亚才会在一起，直到死亡把我们分离。或许至死也不会分离……

格林肖的蠢物

第一章

两个男人绕过满是灌木丛的角落。

"哎呀,在这儿,"雷蒙德·韦斯特说,"可算找到了。"

贺拉斯·宾德勒激动得深吸了一口气。

"天哪,"他叫道,"多棒啊。"他因为兴奋而尖叫起来,随后又敬畏地压低了声音,"难以置信。世间难得几回见!简直是世纪之作。"

"我想你会喜欢的。"雷蒙德·韦斯特沾沾自喜地说。

"喜欢?老天——"贺拉斯一时说不出话来。他解开相机上的皮带扣,开始忙着拍照。"这将是我收藏中的瑰宝之一,"他高兴地说,"我真觉得,弄一个怪诞作品集相当有趣,你不觉得吗?七年前的一个晚上,我洗澡时想出了这个主意。我上一次得到的宝贝是在热那亚的墓地,但我真心觉得眼前的这个完胜上一个。它叫什么?"

"我不知道。"雷蒙德说。

"我想它肯定有个名字?"

"是的。但实际上,在我们这里,人们就叫它'格林肖的蠢物',没别的名字。"

"格林肖就是建造它的那个人吗?"

"是的。它差不多建于十九世纪六七十年代,展现着那个时代的一部发家史：一个穷得连鞋都穿不起的男孩一跃成为百万富翁。关于他建造这座房子的原因，当地人众说纷纭，是纯粹为了彰显财富，还是为了向债权人证明他的实力，人们观点不一。如果是后者，那么显然没达到目的。他最后要么破产了，要么濒临破产，因此房子得名'格林肖的蠢物'。"

贺拉斯不停地按下快门。"嘿，"他心满意足地说，"这倒提醒我给你看看我收藏的第310号作品。那是一个意式壁炉台，大理石制成，精妙绝伦。"他看着房子，又说道："我想不到格林肖先生是怎么构思这一切的。"

"有些地方还是很明显的，"雷蒙德说，"你不觉得他去过卢瓦尔河的城堡吗？看那些塔楼。不仅如此，他似乎还去过东方，泰姬陵风格的影响显而易见。不过我更喜欢摩尔风格的耳房，"他又说，"以及威尼斯宫殿的痕迹。"

"我很好奇，他是怎么找到一位建筑师，来实现这么多想法的。"

雷蒙德耸耸肩。

"我想一点儿都不难，"他说，"很可能建筑师带着这笔不菲的收入退休了，而可怜的老格林肖却破了产。"

"我们可以从另外一侧看看吗？"贺拉斯问道，"是不是有点儿私闯民宅的味道？"

"我们就是非法闯入，"雷蒙德说，"但我认为没什么。"

他走向房子的拐角，贺拉斯很快跟上了他。

"但谁住在这儿呢？孤儿，还是度假的游客？这不可能是个学校，既没有运动场，也没有生气勃勃的迹象。"

"哦，有一位格林肖的后人仍住在这里，"雷蒙德回头说，"房子本身没因破产而转移产权。老格林肖的儿子继承了它。他有点儿吝啬，只住在房子的一角，一毛不拔。或许也确实没有钱可花。现在，他的女儿住在这里。古怪的老妇人——"

说话的时候，雷蒙德正暗自庆幸自己能想到，把"格林肖的蠢物"当作娱乐客人的谈资。这些文学批评家总是声称自己渴望到乡下过周末，但一到乡下，又时常觉得非常无聊。明天就要出星期日的报纸，雷蒙德·韦斯特暗喜自己想出的这个主意，丰富了贺拉斯·宾德勒知名的怪异收藏。

他们转过屋角，来到一片无人修剪的草坪。在草坪的一角，有一座大型的假山，一个人正在那里弯腰往下看。见状，贺拉斯兴奋地抓住雷蒙德的手臂。

"天哪，"他喊道，"你看见她穿着什么吗？有印花图案的裙子。就像一名女佣——那时候的女佣。我最珍贵的回忆之一，就是我很小的时候，住在乡下的房子里，那儿有一个真正的女佣，她会在早上叫醒你，穿着印花裙子，戴着帽子，那么有魅力。真的，亲爱的，确实是——一顶帽子，还带着飘带。不对，可能是客厅侍女戴着飘带。但无论如何，她都是一位真正的女佣，她会拿进来一大铜壶的热水。我们度过了多么令人兴奋的一天啊。"

穿印花裙的那个人直起了身子，转向他们，手里拿着一把小泥铲。她的样子真是惊人：未梳理的铁灰色头发成缕地垂在肩上，头上戴着的草帽，就像有人把意大利马戴的帽子，硬塞在她头上似的。她的彩色印花裙几乎垂到脚踝。她的脸饱经风霜，布满了岁月的痕迹，精明的双眼打量着他们。

"格林肖小姐，我必须为擅自闯入道歉。"雷蒙德·韦斯特走近她，说道，"但是和我在一起的贺拉斯·宾德勒先生——"

贺拉斯摘下帽子，鞠了一躬。

"我对……呃……古老的历史和……呃……精美的建筑特

别感兴趣。"

雷蒙德·韦斯特说话的时候语气轻松,他自知是个名人,可以在别人不敢造次的地方行事。

格林肖小姐抬头看了看她身后庞大豪华的建筑。

"这是幢精美的房子,"她赞赏地说道,"我祖父建造了它——当然,是在我出生之前。据说他希望这座房子能震惊整个乡里。"

"我得说他确实做到了,女士。"贺拉斯·宾德勒说。

"宾德勒先生是著名的文学批评家。"雷蒙德·韦斯特说道。

格林肖小姐显然对文学批评家并不看重。她仍然不为之所动。

"我把它当作,"格林肖小姐指的是这座房子,"铭刻我祖父的天才的纪念碑。一些傻子问我为什么不卖了它,去住公寓。我住公寓里做什么呢?这是我的家,我就住在这里。"格林肖小姐说,"一直都住在这儿。"她默默回想着过去,"那时我们姐妹三人。劳拉嫁给了助理牧师。爸爸气得没给她一分钱,借口说牧师必须远离金钱世俗。她死于难产,孩子也没活下来。内蒂跟一个骑术教练私奔了。爸爸自然把她排除在遗产继承人之外。那个男人叫亨利·弗莱彻,是个英俊的家伙,但一无是处。内蒂跟他在一起并不幸福。她也没活多久。他们有个儿子,他有时给我写信,但他到底不是格林肖家的人。我是格林肖家最后的后人。"她骄傲地挺直肩膀,调整了一下歪戴的草帽。然后,她转过身子,厉声说道:

"什么,克雷斯韦尔太太,有什么事吗?"

有个人从房子那边向他们走来,她和格林肖小姐站在一起时看起来完全不同,十分滑稽。克雷斯韦尔太太的发型精致,被染成青灰色的头发向上高高耸立，成绺的小卷和成排的大卷一丝不苟地排列着。她这身装扮就像一位要去参加化装舞会的法国侯爵夫人。她已人到中年，应该穿那种沙沙作响的黑丝绸裙，但实际上却是看起来更亮的廉价人造丝黑裙。虽然她身材并不高大，但胸部丰满挺拔。她说话时的声音异常低沉，措辞十分讲究，只有在发"h"开头的词时稍稍有些犹豫，最后发音时，带有夸张的送气音，让人不禁想到在她年轻时，为发"h"音她应该着实费了不少工夫。

"夫人，是鱼的事情，"克雷斯韦尔太太说，"鳕鱼片还没到。我让阿尔弗雷德去看看，可他不去。"

出人意料的是，格林肖小姐咯咯地笑了起来。

"他不去，是吗？"

"夫人，阿尔弗雷德最不听话。"

格林肖小姐抬起两根沾上泥土的手指，放在唇边，突然吹了个极响的口哨，同时喊道：

"阿尔弗雷德。阿尔弗雷德，过来。"

房子的一角立刻闪出一个年轻男子，手里拿着一把锹，他的脸轮廓清晰，英俊帅气。走近时，他朝克雷斯韦尔太太恶狠狠地瞪了一眼。

"您找我，小姐？"他说。

"是的，阿尔弗雷德。我听说你不去问鱼的事。这是怎么回事，嗯？"

阿尔弗雷德不客气地说：

"如果您想让我去，我就去，小姐。只要您一句话。"

"我确实想要鳕鱼。我想晚餐时吃。"

"好的，小姐。我马上去。"

他傲慢地看了克雷斯韦尔太太一眼，后者脸刷地红了，压低嗓音咕哝着：

"真是的！让人无法忍受。"

"对了，还有，"格林肖小姐说，"两个陌生的访客正是我们所需要的，不是吗，克雷斯韦尔太太？"

克雷斯韦尔太太不解地看着她。"不好意思，夫人——"

"你知道的，"格林肖小姐点点头，"遗嘱受益人自己绝对不能是见证人，对吧？"她询问雷蒙德·韦斯特。

"非常正确。"雷蒙德答道。

"这些法律我还懂，"格林肖小姐说，"而且你们两位是有名望的人。"

她把铲子扔进除草篮里。

"二位介意随我去趟书房吗？"

"乐意之至。"贺拉斯急切地说。

她带着我们穿过落地窗，走过墙上挂着褪色锦缎、家具上盖着防尘罩的宽敞起居室，之后又穿过一个光线昏暗的大厅，经过楼梯进入二楼的一个房间。

"这是我祖父的书房。"她说。

贺拉斯带着极大的兴趣环顾房间四周。

在他看来，这是一个充满古怪事物的房间。狮身人面像的头出现在与之风格迥异的一件家具上；一座巨大的青铜雕像，代表着保罗[①]和弗吉尼亚[②]；还有一座庞大的青铜座钟，上面刻着古典纹样，那是他一直渴望拍摄的。

[①] 保罗（3—67年）：又称Saint Paul，犹太人，曾参与迫害基督徒，后成为向非犹太人传教的基督教使徒。
[②] 弗吉尼亚：罗马神话中的弗吉尼亚贞女，为免受执政官侮辱而由亲父杀死的少女。

"这儿有许多好书。"格林肖小姐说道。

雷蒙德已经在看那些书了。他草草一瞥,发现这里没有一本真正让人感兴趣的书,甚至似乎没有一本书被人读过。这些书都是成套的、装帧华美的经典著作,九十年前摆上去的,为的是装饰一位绅士的书房。一些过时的小说也陈列其中,它们同样没有任何被翻阅的迹象。

格林肖小姐在一个大书桌的抽屉里摸索着。最后,她拿出了一卷羊皮纸的文件。

"我的遗嘱,"她解释道,"像他们说的那样,你必须把钱留给某人。如果我死后没留下遗嘱,我想那个马贩子的儿子会得到遗产。亨利·弗莱彻是个英俊的家伙,却是个十足的恶棍。我不明白为什么他的儿子会继承这份地产,绝对不可以。"她接着说道,似乎在反驳什么人,"我已经决定了。我要把遗产留给克雷斯韦尔。"

"你的管家?"

"是的,我已经跟她解释过了。我立下遗嘱,留给她我拥有的一切,那么我就不需要再付给她工资。这样我就节省了目前的很多开支,也能让她尽职尽责。她从来不擅离职守。她看上去很时髦,不是吗?但她父亲只是个微不足道的水管工。她没什么可炫耀的。"

此时,她已经打开了羊皮卷,拿起一支笔,在墨水台里蘸了蘸,签上她的名字:<u>凯瑟琳·多萝西·格林肖</u>。

"好了,"她说,"你们看见我签了字,那么你们也签一下吧,那样它在法律上就生效了。"

她把笔递给雷蒙德·韦斯特。他犹豫了片刻,对这件事情有些意外的反感。随后,他飞快地写下了那家喻户晓的名字,因为每天早晨的信件中,至少会有六封是跟他要签名的。

贺拉斯从他手中接过笔,也写上了他小小的签名。

"完事了。"格林肖小姐说。

她走到书架前,站在那儿犹豫了一阵,然后打开了一扇玻璃门,抽出一本书,把叠好的羊皮卷轻轻塞了进去。

"我有我自己放东西的地方。"她说。

"《奥德利夫人的秘密》。"雷蒙德·韦斯特趁她把书放回去的时候,看见了书名。

格林肖小姐又咯咯地笑了。

"是当时的畅销书,"她说,"不像你写的书,对吧?"

突然,她友好地用肘部轻轻碰了碰雷蒙德的胸部。雷蒙德很惊讶,她居然知道他写书。虽然雷蒙德·韦斯特在文学界算是个人物,但很难说他是位畅销书作家。尽管人到中年,笔触已经变得温和,但他的书还是多描写生活的阴暗面,十分阴郁。

"我想知道,"贺拉斯紧张而兴奋地问,"我能否给这座钟拍张照片?"

"当然可以,"格林肖小姐说,"我想这钟来自巴黎展会。"

"很有可能。"贺拉斯说着拍了照。

"我祖父过世后,这个房间就没怎么用过了,"格林肖小姐说,"这张书桌里装满了他过去的日记。我想内容会很有趣,但我视力不好,自己不能读。想找人把它们整理出版,又嫌太费事。"

"你可以雇人去做。"雷蒙德·韦斯特说。

"真的可以吗?这倒是个好主意,我会考虑的。"

雷蒙德·韦斯特抬手看了看手表。

"我们不能再在这里滥用您的好意叨扰您了。"他说。

"很高兴见到你们,"格林肖小姐和蔼地说,"当我看到你们在房子的角落转悠时,还以为你们是警察。"

"为什么是警察?"贺拉斯问道,他从不介意问问题。

格林肖小姐出人意料地答道:

"如果你想知道时间,去问警察。"她欢快地唱起来,展现出维多利亚式的狡黠,她轻轻推了推贺拉斯,然后放声大笑。

"一个多么愉快的下午,"贺拉斯在他们回家的路上感叹道,"真的,那个地方什么都有。书房唯一缺的就是一个主人。那些过时的侦探小说,很多都是描写发生在书房里的谋杀案——我确信,那就是作者们心目中的书房。"

"如果你想讨论谋杀,"雷蒙德说道,"你可以跟我简姨妈谈谈。"

"你的简姨妈?你是说马普尔小姐?"他不解地问道。

前一晚,他经人介绍认识了马普尔小姐,她是一个有魅力的旧式女性,他怎么也无法把她跟谋杀案联系在一起。

"哦,是的,"雷蒙德说,"破解谋杀案是她的专长。"

"但是亲爱的,这太有趣了。你说这话到底什么意思啊?"

"我就是这个意思。"雷蒙德答道。他换了种说法:"有些人实施谋杀,有些人卷入谋杀,其他人侦破谋杀案件。我简姨妈就是第三类人。"

"你在开玩笑。"

"绝没有。我可以为你引荐苏格兰场的前厅长、几位警长或者一两个勤勉的刑事调查局警督。"

贺拉斯感叹,奇迹到处都有。喝茶时,他们向雷蒙德的妻子琼·韦斯特,她的侄女卢·奥克斯利,以及老小姐马普尔,讲述了下午发生的事情,尤其事无巨细地叙述了格林肖小姐对他们说的话。

"但我还是认为,"贺拉斯说,"整个事件中什么地方有点儿不祥。那个像侯爵夫人一样的管家——没准儿会在茶壶里放砒霜,因为她知道,女主人已经在遗嘱中把她定为受益人。"

"给我们说说,简姨妈,"雷蒙德说,"会不会发生谋杀?您怎么看?"

"我认为,"马普尔小姐收起毛线,十分严肃地说,"你不应该拿这些事情开玩笑,雷蒙德。当然砒霜之类的事是可能的。这东西很容易弄到,可能已经被当作除草剂放在工具房里了。"

"哦,真的,亲爱的,"琼·韦斯特柔声说,"但那样不会太明显吗?"

"立下遗嘱倒是好事,"雷蒙德说,"我真的认为那个可怜的老家伙,除了那幢难看的、大而无用的房子,也没有什么东西可留下,但谁想要那个呀?"

"也许电影公司会要,"贺拉斯说,"或者旅馆,或者公共机构?"

"他们希望能够低价买下它。"雷蒙德说道,但是马普尔小姐摇了摇头。

"亲爱的雷蒙德,在钱这个问题上我不同意你的观点。她的祖父显然是个挥霍无度的败家子,赚钱容易,却又花钱如流水。如你所说,他最后可能将要破产,但还不至于身无分文,否则他的儿子就不可能继承这座房子。而那个儿子,却与父亲的行事风格迥然不同,这是常有的事。他是个吝啬鬼,一毛不拔。我得说,在他的一生中,可能攒了一大笔钱。看来,这位格林肖小姐跟他很像,就是说,也不爱花钱。是的,我想,她很可能在什么地方藏了一大笔钱。"

"既然是这样的话,"琼·韦斯特说,"我现在想知道——卢你是怎么想的?"

他们望着卢,她正安静地坐在火炉旁。

卢是琼·韦斯特的侄女。最近,用她自己的话说,她的婚姻失败了,独自带着两个孩子,靠手里的钱勉强度日。

"我的意思是,"琼说,"如果格林肖小姐真想让人整理日记,准备成书出版……"

"这倒是个主意。"雷蒙德说。

卢小声说:"这是我能胜任的工作——我喜欢做。"

"我会给她写信说明你的情况。"雷蒙德说。

"我想知道,"马普尔小姐若有所思地说,"这位老妇人关于警察的那番话是什么意思?"

"哦,那只是个笑话。"

"这提醒了我,"马普尔小姐用力地点点头说,"对,它让我想起了奈史密斯先生。"

"奈史密斯先生是谁?"雷蒙德好奇地问道。

"他养蜜蜂,"马普尔小姐说,"很擅长在星期天报纸上写离合诗,而且喜欢编故事取乐。但有时这也会招来麻烦。"

大家一阵沉默,都在想着奈史密斯先生,但因为他与格林肖小姐之间似乎没有什么共同之处,他们认定亲爱的简姨妈上了年纪,说话可能有点儿没有条理。

第二章

贺拉斯·宾德勒回到伦敦,没有再收集任何怪异的物品;雷蒙德·韦斯特则写信给格林肖小姐,告诉她,他认识一位夫人叫路易莎·奥克斯利[1],她有能力接下日记的工作。几天过去,回信到了,字迹是细长的老式字体,格林肖小姐在信中说,她急切需要奥克斯利太太的帮助,想要约来见一面。

卢按期赴约,对方开出的条件十分优厚,她在第二天就开始了工作。

"太感谢您了,"她对雷蒙德说,"这份工作很适合我。所有的事都能安排得井井有条,我先送孩子们去学校,然后去格林肖家上班,回来的路上再接孩子。那位老妇人很值得信赖。"

她第一天工作结束,晚上回到家,说起了这一天的经历。

"我几乎很难看见那位管家,"她说,"十一点半的时候,她端着咖啡和饼干进来,噘着嘴,一副装腔作势的样子,基本不和我说话。我想,她对我被聘用的事十分不赞成。"

她接着说:"看起来她和园丁阿尔弗雷德宿怨很深。阿尔弗雷德是个当地的男孩,很懒惰,他和管家彼此不说话。格林肖小姐以她那种自负的口吻说:'从我记事起,园丁就和屋内干活的

---

[1] 即卢·奥克斯利,卢是她的昵称。

人不和。我祖父的那个年代就是如此。当时园子里有三个男人和一个男孩,房子里有八个女佣,他们之间一直都有摩擦。"

第二天,卢回到家,带来另一条消息。

"真奇怪啊,"她说,"今天早上,格林肖小姐要我给她的外甥打电话。"

"格林肖小姐的外甥?"

"是的。他好像是一个演员,他所在的公司在伯瑞汉姆海边进行夏季巡演。我打给剧院,留了言,邀他明天中午一起吃饭。相当有趣,真的。这个老妇人不想让管家知道。我觉得克雷斯韦尔太太做了什么事,惹恼了她。"

"明天这部惊悚连载小说会有新内容。"雷蒙德咕哝着。

"这简直就跟连载小说一样,不是吗?与外甥和解,血浓于水——新的遗嘱会出现,旧的失效。"

"简姨妈,您看上去很严肃。"

"是吗,亲爱的?关于警察,你听到什么其他消息了吗?"

卢迷惑不解。"我不知道关于警察的任何事。"

"她说过的那句话,亲爱的,"马普尔小姐说,"一定意味着什么。"

第二天,卢心情愉悦地去工作。她走过前门,门开着——房子的门窗总是开着。格林肖小姐似乎不怕窃贼,她这样想也并非盲目乐观,因为房子的大部分物品都有几吨重,而且没有买卖的价值。

卢刚才在车道上碰到了阿尔弗雷德。第一眼看见他时,他正倚着一棵树吸烟,但他一瞧见卢,就马上抓起一把扫帚,开始努力地扫落叶。她想,真是个懒惰的年轻人,但是相貌真的很英俊。他的容貌使她想起了某个人。她穿过大堂,准备上楼去书房,途中,她看到了壁炉台上挂着纳撒尼尔·格林肖的一幅巨大画像,展示出他在维多利亚时代鼎盛时期的样子:他靠在一把大扶手椅上,肚子很大,上面挂着怀表表链,双手则放在表链上。随着她的目光从肚子向上移动到面部,她看到了厚厚的双下巴、浓密的眉毛,还有黑色的胡子,她突然想到,纳撒尼尔·格林肖年轻时一定很英俊。他似乎长得有点儿像阿尔弗雷德……

她走进书房,关上身后的门,打开打字机,从桌子一侧的抽屉里拿出日记。透过打开的窗户,她看见格林肖小姐穿着紫褐色的印花裙,在假山上弯着腰,正一丝不苟地除草。已经连下了两天雨,杂草又疯长出许多。

卢是个小镇女孩,她决定,如果她要有个花园,一定不会弄假山,省得还要动手除草。随即她又专心致志地投入工作。

十一点半,克雷斯韦尔太太端着咖啡托盘走进书房,显然心情不好。她哐当一声把咖啡盘放在桌上,发起了牢骚:

"找人一起吃午饭——结果家里居然什么都没有!我该做什么,我倒是想知道。阿尔弗雷德连个人影都不见。"

"我来的时候,他在打扫庭院。"卢主动告诉了她。

"我敢说,那是一份相当轻松的工作。"

克雷斯韦尔太太傲慢地走出房间,摔门而去。卢暗自笑了笑。她很好奇"那个外甥"会是什么样的人。

她喝完咖啡,又开始专心致志地工作。她十分投入,不知不觉时间就过去了。纳撒尼尔·格林肖的日记,从一开始就写得很坦率。卢读到一篇日记,内容是关于临镇的一位很有魅力的酒吧女侍。卢考虑到,这部分内容需要做大量的编辑加工。

她正思考着,却突然被花园里传来的一声尖叫吓到。她跳了起来,跑到窗户前。格林肖小姐颤颤巍巍地从假山朝房子走过来。她双手紧紧按着胸部,两手之间一根羽毛箭杆支了出来——卢惊恐地认出那是一支箭。

格林肖小姐戴着破烂草帽的头耷拉下来,垂在胸前。她虚弱地朝卢喊着:"……射……他射中了我……用一支箭……救命……"

卢冲到门口。她转动把手,但门打不开。她试了半天,还是打不开,这才发现自己被锁在房间里了。她又迅速跑到了窗前。

"我被锁住了。"

格林肖小姐背对着卢,有些站立不稳,她正在叫远处窗户旁的管家。

"给警察……打电话……"

之后,她像个酒鬼一样东倒西歪,从楼下的窗户进入起居室,消失在卢的视线里。不一会儿,卢听到了瓷器破碎的声音,摔得很重,之后便重归寂静。她想象了一下当时的场景:格林肖小姐一定是摇摇晃晃,到处乱撞,结果碰到了小桌子,上面放着塞夫勒①的高级茶具。

卢绝望地拍打着门,叫着,喊着。窗外没有藤蔓植物,也没有排水管,可以帮她出去。

最后,她敲门敲累了,又回到窗前,从客厅的窗户向远处看去,正好看到管家的头从窗户伸出来。

"快来放我出去,奥克斯利太太。我被锁住了。"

"我也是。"

"哦,天哪,这太可怕了,不是吗?我已经给警察打电话了。这个房间里有电话分机。但奥克斯利太太,我不明白的是,我们

---

① 法国北部城市,在巴黎西南边。

为什么被锁在了里头。我从未听到过钥匙转动的声音,你呢?"

"没,我什么都没听到。哦,天哪,我们该怎么办?或许阿尔弗雷德能听见我们的叫喊声。"卢用最大的声音喊道:"阿尔弗雷德,阿尔弗雷德!"

"他说不定去吃午饭了。现在几点了?"

卢看了一眼手表。

"十二点二十五分。"

"还不到十二点半,他应该不会去吃饭,但是他会尽可能早点儿开溜。"

"你觉得——你觉得——"

卢想问的是:"你觉得她是不是死了?"但是这句话卡在了她的喉咙里。

她们什么都做不了,只能等待。她坐在窗台上,仿佛过了很久很久,一个冷漠的、戴头盔的警员身影才出现在房子一角。她把头探出窗户,警员一边抬头望着她,一边用手遮着光。他说话时,语气中带着责备。

"发生什么事了?"他不以为然地说。

卢和克雷斯韦尔太太从各自的窗户,不停地对警员讲述发生的一切,很是激动。

警员拿出笔和笔记本,"你们两位女士跑上楼,把自己反锁在屋里了?请问,你们叫什么名字?"

"不,是别人把我们锁起来了。快过来放我们出去。"

警员责备道:"别急!"然后他穿过下面的窗户消失了。

似乎又一次开始了无尽的等待。卢听到一辆车到达的声音,感觉大约一个小时之后,但其实只过了三分钟,先是克雷斯韦尔太太,再是卢,都被一个巡佐救了出来,这个巡佐看起来比刚才那个机灵多了。

"格林肖小姐呢?"卢颤抖着问,"她——她怎么样了?"

巡佐清了清嗓子。

"女士,很遗憾地告诉你,"他说,"我已经告诉过克雷斯韦尔太太同样的话,格林肖小姐死了。"

"谋杀,"克雷斯韦尔太太说,"就是这么回事,谋杀。"

巡佐不确定地说:"可能是意外。乡下小伙子不小心用弓箭射中了她。"

又是车辆到达的声音。巡佐说:"一定是验尸官。"说完便下楼了。

但那并不是验尸官。在卢和克雷斯韦尔太太下楼时,一位年轻人犹豫着穿过前门,停下脚步,似乎有些迷茫地看着周围。

之后,他用一种讨人喜欢的语调说话,声音令卢感到些许熟悉——可能跟格林肖家族的人有些相像。他问道:"不好意思,格林肖小姐——是——是住在这儿吗?"

"能请问您是哪位?"巡佐边说,边朝他走过去。

"弗莱彻,"年轻人说,"纳特·弗莱彻。事实上,我是格林肖小姐的外甥。"

"其实,先生,好吧……我很抱歉……我确信——"

"发生了什么事吗?"纳特·弗莱彻问道。

"发生了一起……事故。你姨妈被箭射中……穿透了颈动脉——"

克雷斯韦尔太太失去了以往的优雅,歇斯底里地说:"你姨妈被谋杀了,事情就是这样。你的姨妈被谋杀了。"

第三章

韦尔奇警督把他的椅子往前拉了拉,以便离桌子更近一些,他的目光在房间里的四个人身上打转。这是出事当天晚上的场景。他给韦斯特家打电话,再次传唤卢·奥克斯利。

"你确定每一个字都是原话吗?'……射……他射中了我……用一支箭……救命?'"

卢点点头。

"时间呢?"

"一两分钟后,我看了下手表——那时是十二点二十五分。"

"你的手表走得准吧?"

"我也看了钟。"

警督转向雷蒙德·韦斯特。

"看来,先生,两周前您和一个叫贺拉斯·宾德勒的先生做了格林肖小姐的遗嘱见证人?"

雷蒙德简略地叙述了那天下午,他和贺拉斯·宾德勒到"格林肖的蠢物"拜访的事。

"你的这番证词或许很重要,"韦尔奇说,"格林肖小姐明确地告诉你,她的遗嘱以管家克雷斯韦尔太太为受益人,她考虑到她死后克雷斯韦尔太太能够得利,就没有付给克雷斯韦尔太太任何薪水,是这样吗?"

"这是她告诉我的——是的。"

"你说克雷斯韦尔太太肯定知道这些事?"

"我应该说十分肯定。格林肖小姐当着我的面说受益人不能见证立遗嘱的过程,克雷斯韦尔太太对她说话的意思十分清楚。而且,格林肖小姐自己告诉我,她已经跟克雷斯韦尔太太谈过这样的安排。"

"因此克雷斯韦尔太太有理由相信她是受益方。从她的角度看,动机十分明确,我敢说,如果她不是跟奥克斯利太太一样,被牢牢地锁在房间里,现在她就是我们的主要嫌疑人,另外,格林肖小姐明确地说,是一个男人射中了她——"

"她确实被锁在她的房里了吗?"

"哦,是的。是凯利巡佐把她放出来的。那是一把老式大锁,配有一把大的老式钥匙。钥匙被插在锁里,根本不可能从里面打开,或者类似的任何把戏。可以确定克雷斯韦尔太太被反锁在了房间里,无法出来。房里没有弓和箭,格林肖小姐无论如何也不可能被来自窗户的箭射中——角度不对——她已经被排除了嫌疑。"

他停顿了一会儿,接着说:

"在你看来,格林肖小姐是个爱开玩笑的人吗?"

马普尔小姐从她这边的角落敏锐地看过来。

"所以遗嘱终究不是以克雷斯韦尔太太为受益人?"她问道。

韦尔奇警督有些惊讶地看着她。

"夫人,您真聪明。"他说,"确实,克雷斯韦尔太太没有被指定为受益人。"

"就像奈史密斯先生,"马普尔小姐点头说道,"格林肖小姐告诉克雷斯韦尔太太,她会把遗产留给她,所以不再付给她工资；之后，她又把钱留给了别人。毫无疑问，她对这样的安排极为满意。怪不得当她将遗嘱放回《奥德利夫人的秘密》里时，咯咯地笑了。"

"所幸奥克斯利太太能告诉我们遗嘱的事，还有它放在哪里，"警督说，"否则，我们找起来可要费一番功夫。"

"维多利亚式的幽默感。"雷蒙德·韦斯特小声说。"那么她终究还是把钱留给她的外甥了。"卢说。

警督摇摇头。

"没有，"他说，"她没有把钱留给纳特·弗莱彻。这儿流传着一个说法——当然我对这个地方不熟悉，得到的只不过是二手消息——以前，格林肖小姐和她的姐姐好像都倾心于那个英俊的骑马高手，最后姐姐嫁给了他。没有，她没把钱留给外甥——"他停顿了一下，手指摩擦着下巴，说，"她把钱留给了阿尔弗雷德。"

"阿尔弗雷德，那个园丁？"琼惊讶地说。

"是的，韦斯特太太。阿尔弗雷德·波洛克。"

"可是为什么呢？"卢大声问道。

马普尔小姐咳嗽了一下，小声说："虽然我有可能搞错了，但我认为，这或许是——我们可以称之为家族原因。"

"您可以这么说，"警督表示赞同，"村子里的人似乎都十分清楚，阿尔弗雷德的祖父，托马斯·波洛克，是格林肖先生的一个私生子。"

"可不是嘛，"卢喊道，"长得那么像！我今天早上就发觉了。"

她记起碰到阿尔弗雷德，然后进屋，抬头看到格林肖画像的事。

"我敢说,"马普尔小姐说,"她认为阿尔弗雷德·波洛克可能以这座房子为傲,或许还想住在这里;而她的外甥不喜欢它,会尽早把它卖掉。他是个演员,对吧?他现在到底在演什么?"

韦尔奇警督想,他就不该相信一位老妇人会不跑题,但仍然彬彬有礼地回答:"我觉得,夫人,他们正在进行詹姆斯·巴里①的戏剧季演出。"

"巴里。"马普尔小姐一边沉思,一边说。

"《妇人皆知》②,"韦尔奇警督红着脸说,"是部戏剧的名字,"他马上又说。"我自己并不常去看戏,"他补充到,"但是上周我妻子和我一起去看的。她说这部剧演得很棒。"

"巴里创作了很多吸引人的戏剧,"马普尔小姐说,"但我得说,我和我的一位老朋友,伊斯特利将军,一起去看巴里的《小小玛丽》时,"她遗憾地摇着头说,"我们俩都不知道该往哪儿看。"

警督对《小小玛丽》这部剧不熟悉,他看起来有些困惑。马普尔小姐解释说:"当我还是个女孩儿的时候,警督先生,没人提到过'肚子'这个词。"

警督看起来更茫然了。马普尔小姐则低声叨咕着戏剧的名字:

"《可敬佩的克赖顿》,很聪明。《玛丽·罗斯号》,一部迷人的戏剧。我记得我看哭了。我不太喜欢《夸利蒂街》。哦,当然,还有《献给灰姑娘的吻》。"

韦尔奇警督没有时间浪费在戏剧讨论上,他回到了手头的

---

① 詹姆斯·巴里(James Barrie, 1860—1937),英国小说家和剧作家,当过英国作家协会主席,主要作品有长篇小说《小牧师》和《彼得·潘》等。
② 本页文中的《妇人皆知》等均为巴里的知名作品。

事情。

"问题是,"他说,"阿尔弗雷德·波洛克知道这位老妇人的遗嘱是以他为受益人吗?她告诉过他吗?""你们看,伯瑞汉姆·洛弗尔有一个弓箭俱乐部,阿尔弗雷德·波洛克是其会员。他有弓和箭,是个好射手。"他又补充道。

"那案情岂不是很明朗了吗?"雷蒙德·韦斯特问道,"这就能说明两个女人被锁的事——他刚好知道她们在房间里。"

警督看了看他,话里充满了沮丧。

"他有不在场证明。"警督说。

"我向来认为不在场证明一定可疑。"

"或许吧,先生,"韦尔奇警督说,"你是从一个作家的角度说这话的。"

"我不写侦探小说。"雷蒙德·韦斯特说,这种故事他想想就觉得可怕。

"说不在场证明有问题很容易,"韦尔奇警督说,"但不幸的是,我们要用事实说话。"

他叹了口气。

"我们有三个可能性最大的嫌疑人,"他说,"碰巧,这三个人当时都离案发现场很近。然而,奇怪的是,似乎每个人都无法作案。管家我已经跟她接触过了——那个外甥,纳特·弗莱彻,格林肖小姐被射杀时,他在几公里以外的修车厂加油、问路——至于阿尔弗雷德·波洛克,有六个人发誓说,看到他在十二点二十分走进'狗和鸭子',像往常那样吃面包、奶酪,喝啤酒。"

"这是蓄意制造的不在场证明。"雷蒙德·韦斯特满怀希望地说。

"可能吧,"韦尔奇警督说,"但如果是这样的话,他确实做得很成功。"

有好一段时间大家都不说话。然后雷蒙德把头转向马普尔小姐,她上身挺直,坐在那里,沉思着。

"现在全看您的了,简姨妈,"他说,"警督给难住了,巡佐给难住了,我给难住了,琼给难住了,卢也是。但是对您来说,简姨妈,一切都十分清晰。我说得对吗?"

"我不敢那么说,亲爱的,"马普尔小姐说,"而谋杀,亲爱的雷蒙德,并不是游戏。我不相信格林肖小姐想死,这是一场相当残忍的谋杀。精心策划,相当冷血。这不是开玩笑的事。"

"对不起,"雷蒙德有点儿局促不安,"我不是真的那样冷酷无情。轻松对待一件事,是为了减少——好吧,它带来的恐怖。"

"我认为,这是现代的趋势,"马普尔小姐说,"所有的战争,开葬礼的玩笑。我说你冷酷的时候,确实可能考虑欠佳。"

"其实我们并不了解她。"琼说道。

"这句话千真万确,"马普尔小姐说,"亲爱的琼,你根本不认识她,我也不认识。雷蒙德跟她仅有过一下午的交谈。卢认识她也只不过两天。"

"说吧,简姨妈,"雷蒙德说,"告诉我们您的想法。您不介意吧,警督先生。"

"一点儿也不。"警督礼貌地回答。

"好吧,亲爱的,看起来我们有三个人具备,或者被认为具备,杀害老妇人的动机。并且有三个很简单的理由,证明他们三人都无法作案。管家不能杀人,是因为她被锁在房间里,而且格林肖小姐确定地说,是个男人射中了她;园丁不能杀人,是因为案发时他人在'狗和鸭子';外甥不能杀人,是因为案发时,他在离房子有一段距离的车里。"

"陈述非常清楚，夫人。"警督说。

"既然任何外来人似乎都不可能作案，那么，我们应该从哪儿入手呢？"

"这也是警督想知道的。"雷蒙德·韦斯特说道。

"人们看问题总是容易钻进死胡同，"马普尔小姐带有歉意地说，"如果我们不能改变这三个人的行动或者位置，那么为什么不能改变案发时间呢？"

"您的意思是，我的表和房里的钟都不准？"卢问道。

"不是，亲爱的，"马普尔小姐说，"我根本不是这个意思。我是说，谋杀并没有在你认为的时间发生。"

"但我看见了。"卢喊道。

"好吧，我一直在琢磨，亲爱的，你是否是被安排看到这一切的。我一直在问自己，那是否是需要你做这份工作的真正原因。"

"您到底是什么意思，简姨妈？"

"亲爱的，整件事看起来很奇怪。格林肖小姐不爱花钱，但她却聘请你，并欣然同意你的要求。在我看来，你可能被故意安排到二楼的书房里，可以看到窗外，这样你就能成为关键的目击证人——一位有着良好信誉的外人——为谋杀确定时间和地点。"

"但您不能认为，"卢怀疑地说，"格林肖小姐有意被谋杀。"

"我的意思是，亲爱的，"马普尔小姐说，"你并不真正认识格林肖小姐。没有确切的理由证明，你去房子应聘时见到的格林肖小姐，就是雷蒙德在几天前见到的那位，不是吗？哦，对，我知道，"她继续说，不让卢有打岔的机会，"她穿着特别的老式印花裙，戴着奇怪的旧式草帽，头发不加梳理。她的形象与雷蒙德上周末给我们描述的完全吻合。但这两个女人，你知道，年龄、身高和身材都相似。我指的是管家和格林肖小姐。"

"但是管家很胖！"卢大声说道，"她的胸很大。"

马普尔小姐咳嗽了一声。

"但是亲爱的，我能肯定，最近我在商店里看到过——呃——那种东西，非常不得体地摆在那里。任何人都能轻而易举地弄出——各种尺寸和大小的——胸。"

"您到底想说什么？"雷蒙德问道。

"我只是在想，亲爱的，卢在那里工作了两三天，这期间，一个女人可能扮演了两个角色。你自己说过，卢，你几乎看不到管家，除了那天早上她用托盘给你端来咖啡。人们见过那些聪明的艺术家，他们在舞台上扮演着不同的角色，只需要一两分钟，我确信角色间的转换就能轻松实现。那个侯爵夫人的头饰可能就是戴不戴假发的问题。"

"简姨妈！您的意思是，格林肖小姐在我到那儿工作前就已经死了？"

"那时还没死，但是被药物控制了。像管家这样不计后果的女人，很容易做出这种事情。然后，她安排你工作，让你给那个外甥打电话，请他某天来吃午饭。唯一知道此格林肖小姐非彼格林肖小姐的人，是阿尔弗雷德。如果你还记得，你在那儿工作的前两天是雨天，格林肖小姐待在屋子里。鉴于跟管家的宿怨，阿尔弗雷德从没进入过房子。最后一天早晨，阿尔弗雷德在车道上，而格林肖小姐在假山上干活——我想看一下那座假山。"

"您的意思是，克雷斯韦尔太太杀了格林肖小姐？"

"我认为那个女人给你送完咖啡之后，在出去时就把你锁在里面了。接着她把神志不清的格林肖小姐带到起居室，然后伪装成她，走出去到假山干活儿，你正好可以从窗户看到那一幕。到合适的时候,她发出尖叫,步履蹒跚地走向房子,手紧握着箭,好像箭刺穿了她的喉咙一样。她向你求救,细心地说'他射中了我',从而消除管家身上的嫌疑。她也对着管家的窗户喊话,好像她在那儿看见了管家一样。之后,一走进起居室,她就掀翻了摆着瓷器的桌子——迅速跑上楼,戴上女侯爵的假发,不一会儿,把头伸出窗外,告诉你她也被锁住了。"

"但是,她确实被锁住了。"卢说。

"我知道。那里就是'警察'进来的地方。"

"什么警察?"

"正是这个问题——什么警察?我想知道,警督先生,您介不介意告诉我,您是怎么到达现场,什么时候到达的?"

警督看起来有些困惑不解。

"十二点二十九分的时候,我们接到了格林肖小姐的管家克雷斯韦尔太太的电话,说她的女主人被箭射中了。凯利巡佐和我马上上车,在十二点三十五分到达现场。我们发现格林肖小姐死了,还有两位女士被锁在房间里。"

"所以,亲爱的,"马普尔小姐对卢说,"你看见的那名警官并不是真正的警官。事后你不会再去想他,谁都不会。大家只是认为他是又一个穿制服的执法人员。"

"可那又是谁呢,为什么要这么做?"

"至于他是谁,如果他们正在表演《献给灰姑娘的吻》,那么警察就是这部剧的主角。纳特·弗莱彻要做的只是把自己在舞台上穿的戏服搞到手。他在修车厂问路,故意让人关注当时的时间——十二点二十五分,随即他快速把车开到一个角落里,迅速换上警察制服,开始'表演'。"

"可那又是为什么呢?——为什么要这么做?"

"必须有人从外面锁上管家的房门,也必须有人让箭穿过格林肖小姐的喉咙。你可以用箭刺死人,也可以用箭射死人——只不过前者需要更大的力量。"

"您的意思是,他们两人合谋?"

"哦,是的,我想是的。说不定他们是母子关系。"

"但是格林肖小姐的姐姐好多年前就去世了。"

"是的,但我毫不怀疑弗莱彻先生再婚了。他像那种会再婚的男人,我认为那个孩子可能也死了,这个所谓的外甥是第二个妻子的孩子,跟格林肖家族一点儿血缘关系都没有。这个女人设法得到了管家的职位,以方便查探庄园的情况。然后她的儿子以格林肖外甥的身份写信,声称要来拜访她——他可能开过玩笑,说要穿着警察制服来——或者邀请她去看剧。但我想她不太相信,拒绝见他。如果她死前没立遗嘱的话,他就会是继承人——当然一旦她立了以管家为受益人的遗嘱(正如他们所想),事情就更加一帆风顺了。"

"但为什么要用箭?"琼反问道,"太离谱了。"

"亲爱的,一点儿都不离谱。阿尔弗雷德是弓箭俱乐部的一员——本该他来背黑锅的。事实上,他十二点二十分就到了酒吧,这对他们来说很不凑巧。他离开的时间总比规定的要早,而这样反而救了他——"她摇摇头,"这一切似乎真的错了——道德上,我是说,阿尔弗雷德的懒惰竟然救了他的命。"

警督清了清嗓子。

"夫人,您的这些建议很有趣。我需要,当然了,进行调查——"

第四章

马普尔小姐和雷蒙德·韦斯特站在假山旁，低头看下面的菜篮子，篮子里装满了枯萎的蔬菜。

马普尔小姐小声嘀咕道：

"庭荠、虎耳草、雀花、顶针风铃……对，这就是我需要的所有证据。昨天早上在这儿除草的人绝对不是园丁——她把植物和野草一起拔了。所以现在我确信我是对的。谢谢你，亲爱的雷蒙德，带我到这儿来。我想亲自看看这个地方。"

她和雷蒙德都望着"格林肖的蠢物"这片令人震惊的建筑群。

一声咳嗽让他们转过身来。一位英俊的年轻人也在看着房子。

"讨厌的大房子，"他说，"如今看太大了——人们都这么说。我不知道是否真是这样。但如果我赢了个足球场，赚了很多钱，那会是我想建造的房子。"

他羞怯地朝他们一笑。

"估计我现在可以说——这幢房子是我曾祖父建造的，"阿尔弗雷德·波洛克说，"很漂亮，尽管大家都叫它'格林肖的蠢物'！"

Miss Marple's Final Cases
Copyright © 1979 Agatha Christie Limited. All rights reserved.
Letter for Chinese Reader, New Star Edition by Mathew Prichard © 2013 Mathew Prichard.
Translation © 2023 arranged by New Star Press, Agatha Christie Limited. All rights reserved.
www.agathachristie.com
The Marple icon is a trademark, and AGATHA CHRISTIE, Marple, *AgathaChristie*® and the AC Monogram Logo are registered trade marks of Agatha Christie Limited in the UK and elsewhere. All rights reserved.
Published by agreement with ACL.
Simplified Chinese edition copyright: 2023 New Star Press Co., Ltd.

图书在版编目（CIP）数据

马普尔小姐最后的案件 /（英）阿加莎·克里斯蒂著；潘智丹译 . — 北京：新星出版社，2023.6
（阿加莎·克里斯蒂侦探小说全集：精装典藏版）
ISBN 978-7-5133-4914-7

Ⅰ . ①马… Ⅱ . ①阿… ②潘… Ⅲ . ①侦探小说 – 英国 – 现代 Ⅳ . ① I561.45

中国国家版本馆 CIP 数据核字 (2023) 第 055461 号

午夜文库
谢刚 主持